A FÉ QUE PERDI NOS CÃES

Marcelo Mirisola

A FÉ QUE PERDI NOS CÃES

Editores
Marcelo Nocelli

Revisão
Lilian Sais
Marcelo Nocelli

Imagem de capa e página 3
Alex Linch (iStockphoto)

Design e editoração eletrônica
Negrito Produção Editorial

Dados Internacionais de Catalogação na Publicação (CIP)
Bibliotecária Juliana Farias Motta (CRB 7-5880)

Mirisola, Marcelo, 1966-
A fé que perdi nos cães / Marcelo Mirisola. – São Paulo: Reformatório, 2021.
168 p.; 14 x 21 cm.

ISBN 978-85-88091-25-8

1. Literatura brasileira. I. Título.
M675f CDD B869.3

Índice para catálogo sistemático:
1. Contos brasileiros

EDITORA REFORMATÓRIO
www.reformatorio.com.br

para Renatinha
& Jorgete Pé de Pato

Para que servem os livros?
– Para mantermos distância dos escritores.
E a morte?
– Para aproximá-los da gente.

Publico em editora pequena, mas sou limpinho.

Tudo o que me foi tirado, desde que cometi a burrice de vender meu Corsa* para publicar o primeiro livro até a fé que perdi nos cães, absolutamente tudo, inclua-se profissão, saúde mental, os filhos que não tive e as poucas coisas que acreditei que eram minhas (inclua-se "tudo" nessas poucas coisas), absolutamente tudo o que perdi, me foi tirado pela literatura, inclusive a própria literatura. Se vocês estão começando nesta merda, por favor, não me procurem. Existem oficinas, workshops, profissionais especializados no ramo & ex-moradores de rua curados pela poesia que atendem nos brechós e xepas da internet, Youtube, Feicebuque e nas Casas do Saber; procurem Paraty, a Casa das Rosas e a Casa do Caralho, façam amizades e influenciem pessoas, troquem por sexo e vendam a alma para um diabo de quinta categoria, mas não me encham o saco. Literatura é prejuízo. Tudo o que eu tinha de humano, tudo o que eu tinha de integridade e o melhor de mim, foi tudo levado pela lama da literatura. Game over.

* Usei o Corsa como licença poética. Na verdade, vendi um Fusca 81. Você que não sabe o que é um "fusca" dá uma googada. Aproveita e pesquisa "Black dog, Led Zeppelin".

Atlanticoatordoado

Sobrevoava o atlântico atordoado rumo a Lisboa enquanto meu pai era enterrado nos cafundós de Minas Gerais, sim; *atlânticoatordoado* e incrédulo, mas feliz. A primeira vez que pisaria na Europa. Ele era meu guia para as coisas fadadas ao erro, a certeza de um porto seguro no cais de um absurdo calmo, travado e sem riscos. Só no final, muito timidamente, na diagonal de uma conversa com Baduzinho que ele, apontando para mim, deu o braço a torcer e disse pro amigo – com um certo orgulho e timidez, acho que mais timidez do que orgulho: "tem dois livros publicados".

Não o corrigi.

Nunca nos corrigimos. Com a morte do meu pai, perdi muito da minha identidade e da falta de identidade também. Até mesmo um pouco da incredulidade que me servia de lastro para enfrentar aquilo que os místicos chamam de "dia-a-dia" e "realidade", perdi.

Imagino que, com a perda do pai, todos os filhos passem por algo parecido. Digo, essa sensação de valorizar ou desvalorizar ao extremo o ente querido depois da morte. Eu não teria motivo para fugir à regra e, despudoradamente, grito para quem quiser ouvir: não foi ele quem perdeu a vida, mas a vida que o perdeu.

Admitir que meu pai morreu é apagar parte da memória compartilhada com ele, é apagar o itinerário e a rotina às vezes exasperante, as represas da minha infância que continuam existindo (e que se transformaram em esgoto); admitir a morte de um sujeito que, na maior parte do tempo, era mais meu filho que meu pai, é a mesma coisa que dizer que ele não existiu e que nós não nos conhecemos e, de certa forma, é o mesmo que admitir que, além de órfão, também estou morto. Não tem cabimento. Ou todos estamos vivos ou morremos todos. A morte pela morte é um estado de exclusão desprezível. Uma ilusão somente comparável ao absurdo que é viver para morrer. Ora, se a vida é uma ilusão – vide Buda, Calderón de la Barca – a morte também pode ser uma trapaça.

Na fila da imigração o engano ficou mais óbvio. Nem estrangeiro, nem brasileiro. Alheio e sem lastro, é o que consta no carimbo do passaporte.

Além disso, tinha o fuso-horário para bagunçar ainda mais o alheamento e a chegada ao hotel. Tive de esperar os primeiros hóspedes saírem para fazer valer minha diária. Eram seis horas da manhã. O pequeno almoço começava a ser servido. Nem bem havia tomado o primeiro gole do suco de laranja, e o maître histérico me interpelou. Aos trancos e pulinhos queria saber qual o número do meu quarto, eu disse que ainda não haviam me informado. Vou ser obrigado a cobrar 2 euros pelo suco, ele disse.

Calmo, tomei o suco enquanto o fitava dentro dos olhos servis e inexpressivos, em seguida o mandei para o inferno.

Até que o quarto foi desocupado.

Acordei algumas horas depois. Abri a janela, e farejei a cidade como se fosse um animal criado em cativeiro que, depois de uma vida preso, é devolvido à selva. De repente as grades abrem, e o animal não consegue dar o salto, o hábito o aprisiona como se ele fosse refém de si mesmo. No meu caso, com o agravante de que a selva era tanto o lado de dentro como o lado de fora da jaula.

Uma conversa com o porteiro do hotel foi a primeira tentativa de meter o nariz em Lisboa. Minha ideia era ir até a Espanha no final de semana, e retornar na terça ou quarta-feira. Pensei em viajar de trem. O porteiro, gentil e sarcástico, informou-me que as baldeações feitas na fronteira com a Espanha obedeciam a uma lógica da segunda guerra mundial. E, aproveitando-se do meu súbito e embasbacado interesse, discorreu sobre a guerra, a geopolítica e as linhas ferroviárias da época. Visivelmente distraia-se com minha ignorância.

Pensei comigo mesmo: ele deve fazer isso com todo incauto brasileiro recém-chegado no hotel. Mas francamente gostei da sacudida, no lugar dele faria igual. O equivalente a ser assaltado no Rio de Janeiro, só que com lustro. A selva do lado de dentro e do lado de fora.

A lição abriu-me o apetite. Ao lado do hotel, um restaurante que lembrava muito um fast-food destoava dos pratos que oferecia no cardápio. O arroz de pato e o vinho tinto quase ajustaram meu fuso-horário. A selva começa a sair do lado de dentro.

Um otimismo despropositado tomou conta de mim. Vislumbrei a possibilidade de conhecer o quarteirão do hotel onde estava hospedado, tinha dez dias pela frente

– apesar do porteiro. Mas além do quarteirão algumas entrevistas haviam sido agendadas na sede da editora, que ficava na Rua Nova da Trindade, perto do Chiado.

Dali a pouco peguei um táxi:

– Brasileiro?

– Sim.

– As negras brasileiras. Não vai encontrar outra gente mais quente e barata.

A crise de identidade e alheamento dissipou-se como num passe de mágica. Como se o comentário do taxista me devolvesse o lastro que nunca tive. Oriundo de uma ex-colônia em liquidação habitada por prostitutas e prostitutos; dei-me por nocauteado. O coice serviu como objeto de troca e, uma vez que brasileiros são quentes e baratos e não têm o hábito de retrucar, criou-se um clima tenso e sinistramente amistoso ao longo do curto trajeto que me levaria à editora, no final das contas facilitou o câmbio.

Na porta da editora, Andre Jorge, o editor, me esperava. Que homem era aquele que havia me sequestrado do enterro do meu pai e que, simultaneamente, arrancava-me de uma ex-colônia em liquidação habitada por prostitutas e prostitutos?

– Autores brasileiros não vendem em Portugal. Provavelmente você será um fracasso igual aos outros. Machado? Vá lá, estamos acostumados. Mas você é ilegível. E é por isso que o publiquei.

Como se não bastasse, Andre me proporcionava os agravantes do acolhimento e da felicidade. Foram as melhores boas-vindas que poderia ter recebido. Finalmente o fuso-horário e a confusão mental se dissiparam, me senti em casa – subtraído de mim mesmo, e ilegível.

Saindo da editora deparei-me com um grupo de turistas alemães. O deslumbramento de alguns diante de uma cervejaria bicentenária (vizinha da editora) era algo que beirava o obsceno, como se os televisores e os respectivos sofás ensebados tivessem saído da casa deles e fizessem strip-teases em via pública. Tive o ímpeto de chamar a polícia e sugerir que os indiciassem por deslumbramento e atentado violento ao pudor.

A estreita Rua Nova da Trindade que, para mim, era a única chance de desviar do grupo de alemães, serpenteava ladeira abaixo rumo ao Chiado. O miasma dos turistas me acompanhava. Eu sabia que dali a pouco toparia com a estátua feiosa de Pessoa defronte A Brasileira. Tínhamos, eu e Lisboa, contas a acertar.

* * *

Na hora de escolher entre uma sardinha e uma bifana de porco – ou alguma miudeza parecida – nos desentendemos, como aconteceu muitas vezes em vida; uma das especialidades do meu pai era fazer eu perder a paciência por causa de miudezas. O problema é que, logo em seguida, eu me arrependia profundamente e me sentia menor que as miudezas dele, assim, subi as ladeiras estreitas d'Alfama e o deixei reclamar das sardinhas, fados, suvenires, horário de almoço, etc. O perdi de vista para não perder o hábito de perdê-lo, e me neguei a imaginá-lo morto naquela cidadezinha miserável e odiosa nos cafundós de Minas Gerais. Quase todos os dias o fantasma de meu pai revezava com o fantasma daquela idiota que me trocou por um fotógrafo, cuja peculiaridade era retratar ofurôs em resorts e spas três estrelas, eles, meu pai e a desgraçada, sempre me assombravam nos lugares mais bregas e turísticos, digamos assim. Aconteceu na Alfama com o velho, e na Torre de Belém com a infeliz. Foi ideia dela o beijo depois do pastel de nata. Uma delícia de beijo.

Os laços de parentesco não obrigam ou não deviam obrigar ninguém a amar ninguém. As pessoas se suportam, e aprendem a aceitar umas às outras. A muito custo, entendi que as reciprocidades funcionam no piloto automático. Soma-se a isso a convivência e o passar dos anos e o que é desprezo e ódio transforma-se em afeto e amor.

Eu tinha muito afeto pelo meu pai. Mesmo sabendo que ele me considerava um fanchona e que, às vezes, me desprezava tanto quanto eu me esforçava para odiá-lo. Essa diferença nos unia a ponto de chegarmos a nos admirar, de tão iguais.

* * *

Portugal é imenso porque não sai de si mesmo e não faz outra coisa senão cumprir a vocação de implodir. A grandiloquência e o épico estão/são irremediavelmente voltados para dentro. A sintaxe escraviza o estilo. O Brasil nunca poderia ter sido descoberto pelos portugueses, agora percebo: foi enterrado desde sempre, restaram além da distância oceânica e dos laços de amor psicóticos muito comuns entre reféns e sequestradores, a falta daquilo que foi sem nunca ter sido. Quero dizer que existe um não-cumprimento que liga ambos os lados. Os nostálgicos do lugar-nenhum chamam esse lapso de "saudades" – um sentimento frio e pesado que o poeta das mil faces e vários caráteres emprestou às pedras do cais.

Ao contrário da geografia que aprendemos na escola e nas letras de música, o Brasil não é e nunca vai se transformar num imenso Portugal. Isso é proselitismo mesclado com complexo de vira-latas. Nossa pequenez de espírito e a condição de ex-colônia ficam evidentes se contrastadas com Lisboa, especialmente a partir da avenida que margeia o Tejo, basta olhar para dentro. Só não percebemos o óbvio porque olhamos para o rio em vez de olhar para a cidade, a mesma coisa acontece com nossa alma tropical. Nas raríssimas ocasiões em que ensaiamos alçar voo, em vez de irmos para o céu mergulhamos no abismo transatlântico.

Lisboa, todavia, se presta a ser a jaula vista de dentro para fora. Não lembro onde li, mas o viajante dizia que, ao chegar em Lisboa, o rio se abria em vez de se fechar. Um sítio onde a terra acaba ou principia, Almeida-Garrett ou o ano da morte de Ricardo Reis?

Não falo apenas do período em que fomos colônia nem da memória do sangue, mas da servidão festejada e da fantasia sebastianantropofágica (ah, que alminha, que piada) de nos obrigarmos a nos ver refletidos no espelho lusitano, que só por uma feroz casualidade – bom dizer – inclui o mesmo idioma. Não existe herança. O Brasil é um câncer intratável de Portugal, em estado de metástase:

– As negras brasileiras. Não vai encontrar outra gente mais quente e mais barata.

Num segundo que compreendeu o tempo entre desviar a atenção do Tejo e voltar meus sentidos para dentro da jaula, vi passar sob meus olhos o sangue e a história de nossas misérias. Assim, da janela do táxi, vislumbrei a alma dos profetas de Ouro Preto derretidas junto aos seus corpos de pedra sabão. Também vi a sombra de Anchieta no Pátio do Colégio projetada a partir de uma lua pagã, e jesuítas cumprindo o vaticínio de São Paulo de Piratininga; sim, eu vi os soldados de Jesus proverem o futuro de ouro, esmeraldas e pólvora. E os vi enterrarem os fetos dos bastardos no coração da cidade. O Brasil cabia dentro de meia dúzia de armazéns e palacetes à beira rio. No intervalo entre o sobressalto, o vento no rosto e a segunda passada d' olhos, fui tragado para dentro de um karaokê no final do Arco do Telles quase esquina com a rua do Ouvidor, que, por sua vez, era engolida por restaurantes a quilo e clubes de suingue. O Pelourinho ardia em chamas.

Nisso, o táxi parou na sinaleira defronte ao Terreiro do Paço.

A história do Brasil escoava por um ralo repleto de turistas deslumbrados, eles e suas roupas de safári, máquinas fotográficas e obscenidades caseiras. Meu pai estava lá, no meio daquele aglomerado colorido, um pouco deslocado à minha procura. Infelizmente o táxi arrancou e não tive tempo de acenar para ele. Voltei-me ao Tejo, e não consegui imaginar o oceano adiante, apenas um rio cansado de cumprir seu curso que, aliás, nunca teve nada a ver com seu destino.

Metástases

1969, a primeira lembrança, a primeira dor.

1972, ano mágico.

Seis anos depois, em 1978, descobri que meus pais se traíam, e que meu cachorro era epilético. De lá para cá, tornei-me uma figura mezzo escrota mezzo muçarela, e isso – bom que se diga – nada teve a ver com a hipocrisia dos velhos, foi uma opção; da mesma forma que optei por gostar de mulheres dominadoras e narigudas. Idealizei essas mulheres mais do que elas mereciam, às vezes queimava os mamilos e os lóbulos das orelhas, os meus e os delas. Se isso tem alguma relação com minha infância? Se levarmos em conta que a infância foi a mais traiçoeira das paixões, e a coroação de todos os meus enganos (pretéritos e futuros), provavelmente sim.

Daí, posso afirmar com convicção que as coisas que mais amei nunca existiram. Desde criancinha.

Incorrupto

O filho da Thaís, que era amante do tio Caíto, usava pulseira e pegava onda em 1978, e esses adereços – aparentemente inocentes – me embaraçam até hoje. À época os garotos surfistas gozavam de prestígio e vestiam camisas Hang-Ten. Eu, naturalmente, me abstive em favor da inveja e de pequenas taras e, sem querer abusar dos trocadilhos, infringia severos castigos mentais a mim mesmo e, às vezes, chegava às raias da automutilação; vestia camisas esporte em fina malha fantasia e intercalava o uso de sandálias franciscanas com o *all star* cano alto que mamãe trouxera dos States. Tive muita sorte porque não me suicidei e pelo fato de não terem descoberto os milagres que cometi em plena era da *disco music* – caso contrário, hoje, poderia ser o primeiro santinho de *all star* da Igreja Católica. Incorrupto. E não bastasse tal bizarria, milhares se deslocariam em procissões e romarias para acompanhar as aparições e revelações apocalípticas que eu faria em cidadezinhas conflagradas dos Balcãs e da extinta Iugoslávia, além disso realizaria sinais extraordinários e curas milagrosas. Só que não.

* * *

No começo, conjugava resignação com holocaustos. Um bocado de paciência. Outro tanto de perplexidade e dissimulação (a canalhice latente, em si). Hoje, a mesma coisa – não necessariamente na mesma ordem e não necessariamente com a mesma urgência.

* * *

O velho Pascoalão, meu avô, foi o primeiro cara que acreditou em mim. Trabalhei com ele numa banca de Secos & Molhados, muitos milênios antes de o Mercadão Municipal virar ponto turístico de picaretinha metido a chefe de cozinha. Foi o velho quem me passou as primeiras e fundamentais lições de literatura, talvez as únicas: ensinou-me a roubar no peso e agradar a freguesia. Numa tarde de verão modorrenta na praia do José Menino, me disse: "vai viver vida de escritor".

A verdade é a metástase

Uma verdade bem aplicada é capaz de causar estragos irrecuperáveis e de gerar séculos de rancor, ressentimento e vingança. A verdade não admite tapinhas nas costas e não perde tempo. A verdade é incurável. A mentira se esvai. Para acabar com a mentira (antes de descobrirem que a Terra era plana), bastava um argumento banal mais um fato para substanciá-lo. Mentira é vapor. Verdade é rocha. A verdade é hereditária. A verdade está na gênese de todas as maldições. A verdade é imanente, sempiterna e irrefutável.

A verdade é o diabo, que é o pai da mentira.

O pai da mentira é a verdade. Somente a verdade discrimina, separa, exclui e isola. A verdade martiriza. A mentira é um arroto. A mentira, por exemplo, não tem a capacidade de engendrar doenças. O nome da multiplicação de boas e verdadeiras intenções é câncer. Mentira é a quimioterapia que não faz efeito. Somente a mentira pode curar e interromper os fluxos vertiginosos, multiplicadores e suicidas da vida. Mentira é a gentileza e a promessa de vida após a morte. Verdade é a vida antes da morte e o condomínio atrasado. A verdade é a metástase. A mentira é o inocente que comparece no hospital vestido de palhacinho para distrair crianças carecas. O câncer infantil é a expressão mais pura e bem-acabada da verdade.

Número 5

Creio que escrever é armar e desatar nãos, embrulhar o vazio e, às vezes, apelar para o inconsciente que, dependendo da ambição do cara, pode se resumir a dois hambúrgueres, alface, queijo, molho especial, cebola, picles e tudo isso num pão com gergelim. Vale dizer: o inconsciente não basta, o inconsciente é só para matar uma fomezinha. Se a coisa estiver muito enrolada, você tem a opção de procurar vaga no vaivém dos quadris de um passado tesudo, iluminado e aidético ou apelar para o movimento das marés, o ciclo das mulheres e até – se for o caso – o dicionário Tupi. "Usar" é sujeito e é predicado. O verbo não tem importância alguma. Usam-se as mulheres que disseram "Não" e sacrificam-se as que valeram a pena (e vice-versa, se você for mulher: sinta-se à vontade para fazer o mesmo com seus homens ou com suas mulheres). A alma e a recíproca nada têm a ver com isso. As expectativas – as piores e as melhores, tanto faz – jamais hão de se corresponder. Depois disso – vou logo avisando – vem a metafísica para valer, o sobrenatural e a infelicidade plena. O curioso é que, no meio do caminho ou no final da picada, você pode tropeçar na poesia, e resolver tudo na base da mais traiçoeira iluminação.

Por isso que eu digo, repito e insisto: podem se auto-enganar, festejar suas vaidades e as causas mais justas (que geralmente são as mais hipócritas) porque o mundo gira, a Lusitana roda, e nada de novo aconteceu no verão passado em Marienbad e nem acontecerá sob o sol escaldante do Rio de Janeiro, pois existe um ponto de partida e um ponto de chegada eternos e, no final das contas, tudo vai acabar descambando em Eclesiastes, e virar pó.

“A poesia que entornas no chão” não caiu do céu.

A propósito: tão difícil fazer poesia sem dar carteirada?

Já encheu o saco dar satisfações à criança que me trouxe até aqui. Às vezes chego a ficar enjoado e pateticamente constrangido de tanta pureza e castidade. Como se a santidade que me estuprou me cobrasse cada erro da vida adulta. Antes tivesse sido zoado pelo tio Zelão, o comedor de criancinhas. Seria mais simples acertar as contas, bastava reproduzir a barbaridade e abusar dos cabaços que aparecessem pela minha frente, e logo, logo me descobririam. Um linchamento no feicebuque ou qualquer mecanismo primário de punição coletiva daria conta do meu crime, e assunto encerrado. Mas como é que eu, adulto, réu e confesso, vou acertar as contas com a graça? Ou por outra: como é que vou pagar a dívida das iluminações, epifanias e milagres que desde criança – e até hoje como se fosse uma criança – cometo à minha revelia?

Tem gente que se estende até
para escrever um haicai.

Arco-íris jiu-jtsu

"Virá o dia em que o leão se deitará lado-a-lado com o cordeiro, mas o cordeiro não conseguirá pegar no sono"
Woody Allen

"Quero te pegar colo, te deitar no solo e te fazer mulher"
Agepê

Morava na Praia do Santinho, na ilha de Santa Catarina. É a praia mais distante do centro de Florianópolis, 35 Km. No inverno parecia que a distância aumentava, porque os bares, restaurantes e o comercio local recusavam-se a servir fantasmas e assombrações fora da temporada. Um ou dois mercadinhos funcionavam precariamente. E os trinta e cinco quilômetros viravam trezentos e cinquenta.

De vez em quando eu saía do isolamento, e ia dar uns rolês (ou assombrar) a Lagoa da Conceição. Uma noite presenciei um arranca-rabo no centrinho da Lagoa. Constava que eram as sobras de uma encrenca que havia começado numa boate recém-inaugurada na avenida Beira-mar. Não lembro de ter presenciado cenas de animalidade e selvageria semelhantes. Nos dias que seguiram, fiquei sabendo que era coisa de profissionais. Uns bad boys do Rio de Janeiro haviam se estranhado com manezinhos locais. Jiujiteiros. O rumor é que entre os cariocas havia seguidores dos Gracie, e a fofoca seguida do rumor era de que o mais violento, incontrolável e selvagem bad boy da família Gracie foi quem provocou a briga, agora não me recordo o nome da fera. E que a confusão, na verdade, havia começado em Garopaba, se trasladado para a boate da Beira Mar e desaguado na Lagoa da Conceição. Versões da versão da versão se multiplicavam naqueles dias, até que o verão 97/98 chegou, e os bares, restaurantes e comércio locais reabriram, e outras brigas somaram-se à encrenca do inverno passado. Bem, resumidamente, o que posso dizer é que o clima em meados dos noventa era esse mesmo, sangue e porrada na madrugada. Talvez eu tenha presenciado uma versão das dezenas de versões, só sei que foi o suficiente para nunca mais esquecê-la. Confirmados os boatos, é provável que eu tenha visto em ação o maior casca-grossa da era de ouro dos bad boys: não dá para comparar o ímpeto de destruição da cena que presenciei com qualquer carnificina do mundo animal no Discovery Channel, era mais do que tesão de massacrar o "inimigo", o bad boy literalmente comia o adversário na porrada, como se atendesse a um instinto de sobrevivência neandertal. Como se a natureza humana tivesse se manifestado nele antes do descobrimento das cunhas e pederneiras.

Bem, o que conta é que, 25 anos depois, mudei para o Rio de Janeiro, e eis que ouço o rabicho de uma conversa entre um vizinho que é uma versão albina e grisalha do King Kong e o porteiro do prédio. Kong amedrontava o porteiro dizendo que na época dele "o pau comia":

– E não era na bunda da viadagem! A viadagem tá acabando com a raça, irrrrmão...

Estariam os kongs albinos ameaçados de extinção por falta ou excesso de paus?

Prosseguiu dizendo que a rapaziada saía do Rio e ia meter a porrada em qualquer lugar, de Maresias até Santa Catarina. Então, no meio do falatório, ouvi o nome que faltava para completar o quebra-cabeças: Kong citou um certo "Raian", o Gracie, o maior casca grossa da família de todos os tempos, eram amigos e faziam o "pau comer" em meados dos noventa.

Fui correndo para o google: Ryan Gracie. Bateu com o relato do Kong albino, trágica história do rapaz/animal. Talvez tenha sido o maior bad boy de todos os tempos. E aqui faço uma correção, Ryan não era um neandertal, mas um australopithecus (espécie que apareceu antes dos neandertais): habitaram as restingas da Barra da Tijuca no final dos anos oitenta do século passado, tiveram seu auge em meados dos noventa sendo que, alguns exemplares, falam inglês e ganham muito dinheiro até os dias atuais com as *franchisings* de suas academias e casas de suquinhos naturais. Coincidiu que, bombasticamente, Ryan reencarnou numa família de lutadores e encrenqueiros notórios, e entre bravos se criou. Aí fui conferir os vídeos no You Tube, as lutas de Ryan, os depoimentos da família, de amigos e inúmeros rivais, meteu porrada em todo mundo. Nessa pesquisa descobri que Sergio Mallandro é faixa preta de Jiu Jitsu, confesso que foi um alívio no meio de tanto sangue, animalidade e porradaria. Mallandro é o elo perdido entre a Idade da Pedra e o Show de Calouros do Silvio Santos, mas não é só isso é muito mais, merecia um estudo aprofundado. O que me chamou atenção, no entanto, foi o depoimento do filho de Ryan, que era uma criança na época em que o pai morreu numa cela de delegacia em circunstâncias nebulosas. A versão da família é que a dose de sossega-leão prescrita pelo médico é que matou o bad boy, o médico evidentemente contesta. Independentemente das versões, Ryan encarnou o espírito do final do século XX, talvez tenha sido o último suspiro de animalidade e violência caseira da classe média brasileira no século passado (ou talvez não, talvez este espírito tenha ressurgido com a ascensão dos Bolsonaro ao poder). Mas o que fica evidente é que hoje, ao contrário dos anos noventa, existe uma reação da classe média (que é o que me interessa) no sentido de subverter ou esvaziar a tal masculinidade selvagem e assassina encarnada por Ryan, e trazê-la para a dimensão dos nossos dias, uma verdadeira odisseia canibal – do pau ao pau. Digo isso pelo contraste entre os "depoimentos" (leia-se urros, coices e latidos) de Ryan e as entrevistas do filho dele, Rayron, um lorde, quase um monge e também lutador.

Quase vinte e cinco anos depois, apesar da reação negacionista e previsível de alguns dinossauros contemporâneos de Ryan, conjectura-se a adoção da faixa arco-íris nas academias de Jiu-Jitsu. Talvez estejamos falando do maior salto evolutivo da classe média em milhares de anos. Predadores e presas não só convivendo na maior harmonia e civilidade, mas trocando ou assumindo literalmente seus "lugares" e "funções".

O curioso disso tudo é que na luta inventada pela família Gracie, uma das posições mais reproduzidas é o papai-e-mamãe. Não sou especialista em artes marciais, mas fica evidente que o jiu-jtsu tem lastro numa tática de imobilização e acolhimento (no sentido de trazer o corpo do oponente para si e capitalizar a força contrária num movimento de absorção/cópula). De certa maneira, é uma luta que mimetiza a natureza do útero. Assim, de forma passiva-reativa, ou seja, a partir da absorção da vitalidade do adversário, à quisa da mulher que ao gerar um filho reinventa ou neutraliza o homem, o lutador adquire uma nova força para si. É a lei da vida. Explica-se o sucesso mundial e o império do jiu-jtsu em detrimento das outras artes marciais. Não é exagero dizer que levar o adversário ao chão é o objetivo, a razão e o fundamento de sua existência (caput, Agepê). Trata-se de uma luta horizontal por excelência. Não é à toa que na hora em que os lutadores conseguem se livrar do papai-e-mamãe (ou da posição do missionário) instintivamente partem para a porrada, como se quisessem negar o fadário que iguala o tatame ao leito de amor.

Das delícias de ser traduzido para o Catalão:
– Mirisola, o que é chave-de-buceta?

Tolstói é mesmo surpreendente. Quem diria que Liev, o agro-boy rejeitado, seria o primeiro personagem da literatura universal a capinar um lote para esvaziar a cabeça?

* * *

Padilhiana

Quando eu tinha 13 anos de idade também acreditava que a culpa era do "sistema". Hoje, desconfio que o problema é do roteirista.

Para Borges e Schwarzenegger

O autor que não influencia os predecessores e não muda o passado é bunda mole. A mesma coisa vale para aquele que não extermina o futuro.

Blake Mallandro

A única certeza é que se divertem. E continuarão tirando uma onda da nossa cara até que o céu e a trevas, quiçá um dia, resolvam assumir o amor bandido, até o dia que eles se reconciliem (nem que seja numa grande farsa para alegria da ignara plateia, porque nunca se largaram) e nos agreguem, apesar de nossas insignificâncias e humanidades trôpegas, apesar de nossas demandas e desejos equivocados, a nós que estamos tão contaminados de Deus como do diabo, que nos agreguem como partes que ao mesmo tempo foram subtraídas de si mesmas e do todo (deles) e, em sendo assim, neste glorioso dia do casamento do céu com o inferno, milênios de holocaustos e pegadinhas não só alcançarão os seus propósitos como terão sido plenamente justificados, salve Blake, salve, Sergio Mallandro!

Para Nikos Kazantzakis

Pense num Jesus que causa repulsa a uma prostituta, e que suporta o peso da cruz porque é o único responsável por ser a verdade, o caminho e a vida, pense num Jesus que não corrige, mas que é corrigido pelos pecados dos homens, pense num Jesus que vacila, pense num Jesus que espera o perdão dos filhos da puta porque é filho de Deus. E creia.

* * *

Só não tive um filho até agora porque todas as mulheres que amei recusaram-se terminantemente a chamá-lo Junichiro. Preferiram os contraceptivos ao garoto: por acaso você é japonês para ter um filho com esse nome? Vai se chamar Junichiro Mirisola.

Tá louco?

Não fazem ideia do que é loucura, demência e muito menos equilíbrio. Preferem chafurdar em Clarice. A primeira que entender vai ser mãe do garoto iluminado que homenageará meu escritor predileto: Junichiro Tanizaki.

AUTORAMA-ZUMBI

(da incompetência em querer ser Emerson Fittipaldi)

1975. Eis que meu pai me levou, e aos meus irmãos, para conhecer a pista de autorama do Parque Ibirapuera, era o sonho dos garotos de classe média da época: queriam ser Emerson Fittipaldi (eu não). Ao lado da pista recém-inaugurada, tinha um reservado para os aficionados do ferromodelismo, que eram poucos, mas metidos pra caralho. Se achavam os aristocratas dos miniaturistas, torciam o nariz para os demais e ignoravam solenemente os fãs de última hora do Fittipaldi. Do lado de fora, o "complexo de miniaturas" contava com um lago artificial para os nautimodelistas, e uma área com acesso restrito para os praticantes do aeromodelismo. Era uma festa para adultos infantilizados, mais para eles do que para os filhos, um pretexto para chefes-de-família que já naquela época, naquela São Paulo analógica e "quase rural", iam brincar de carrinho, barquinho, trenzinho e aviãozinho. Adultos que se recusavam a crescer. Uma festa da qual eu não quis ou não consegui participar: por incompetência em querer ser Emerson Fittipaldi ou talento próprio, não sei bem.

Quando falam em crise de leitores, e na crise da "literatura", em livros para colorir e na prevalência quase que obrigatória de temas identitários e de gênero, nos sucessos retumbantes das sagas de vampiros e nos bestiários de autoajuda e sanguessugas afins, bem, quando tais "produtos" ocupam o lugar dos *livros* nas prateleiras, acontece de irromper em minha memória o parquinho do Ibirapuera, e fica quase impossível não associar a pasmaceira e a infantilidade daqueles tempos com os objetos retangulares que ocupam as prateleiras das lojas de conveniência (livrarias) e supermercados de hoje.

No século passado, não há como negar, os livros tiveram alguma importância na vida das pessoas. Mas no futuro, isto é, quinta-feira depois de amanhã, aquilo que outrora era mais do que um passatempo e, às vezes, alcançava transcendências inimagináveis para os padrões equinos de hoje, lamento dizer, mas aquilo que chamávamos "literatura" acabou virando parquinho de entretenimento para mortos-vivos e brochas em geral. Eu me incluo duplamente, falecido como leitor e como autor. Um zumbi que acompanhou a metafísica esplendorosa dos russos, especialmente Tolstói, e que depois explodiu com Hemingway na Primeira e Segunda Guerras Mundiais, o mesmo zumbi que agoniza desacreditado na UTI desde a morte de João Ubaldo Ribeiro. E outra: não só me incluo na zumbilândia como assumo e assino meus atestados de putrefação e óbito. Foi bom. Mais que isso, um privilégio.

Não é exagero dizer que a literatura produzida nos últimos cento e cinquenta anos me trouxe até aqui; a estrela da manhã, a bússola e o norte, a identidade e a voz adquirida, o sangue, o suor e a lágrima dos mestres que trespassou meus dias e que, enfim, me deu uma cara diferente da cara do Fittipaldi para refletir no espelho; a literatura foi a responsável pela construção do meu aqui-e-agora, ela havia domado a fúria do passado e a angústia do futuro que embolavam meus dias – deu régua e compasso. Como se tivesse lastreado o eterno em mim. Eu acreditava sinceramente que os livros haviam me salvado da vida em miniatura. Até anteontem me orgulhava da imagem refletida, ou melhor, da imagem construída no espelho; hoje, porém, vejo uma cara de bunda pasmada, mais flácida e insolvente que as promissórias vencidas da falidíssima Copersucar dos Fittipaldi. Hoje, os autores supracitados e outra dúzia e meia (que agora tenho preguiça de nomear) carregam o mesmo semblante de bunda e pasmo, igualmente não é exagero dizer que estávamos redondamente impressos e enganados, e que Babel jaz morta e enterrada.

O mundo ou "a escola" (tanto faz) acabou virando um algoritmo-açougue-smart-fit que se projeta em função de satisfazer os apetites, as demandinhas e as paranoiazinhas de milhares de mutantes canibais de si mesmos que se retroalimentam de suas próprias inexistências e que – bingo! – não leem.

Não existe comunicação. Um pouco porque o lado de fora (ou a realidade) meio que deixou de existir, outro tanto porque a ficção foi sumariamente esvaziada para azeitar a fúria dos algoritmos. Os enredos, a imprevisibilidade, a riqueza e as nuances dos personagens desapareceram, e a ficção, sequestrada, passou a cumprir dois propósitos: ou o *gamer* atende às expectativas no entrecho estabelecido ou o avatarzinho dele não "evolui" para a próxima fase. Eis a perspectiva, a razão, o novo gol, a síntese cosmológica da coisa: passar para a próxima fase. Na próxima fase, invadido o Castelo da Cinderela Caralhuda, o *gamer* ganhará um biscoitinho e um holograma de bônus, e assim o desaparecimento (que significa a mesma coisa que a reprodução ou pulverização do canibalzinho-de-si-mesmo) estará garantido.

Não leem. E desgraçadamente passam para a próxima fase. E passam muito bem, obrigado.

Não existe vida fora da inexistência: ou você não tem significado, ou morre para valer. Bem-vindos à era da intranscendência, da não-leitura, da boçalidade. Portanto dane-se o passado impresso do qual você se precipitou. Preencha nosso cadastro e forneça os números do seu cartão de crédito, ou volte para o tártaro ou a biblioteca que o pariu.

Daí que não tem cabimento tentar fazer uma conexão entre algoritmos canibais (simulação da morte em vida) e "literatura" – que repito: é a morte real, a morte morrida em estado de graça, deprimente fetiche. Autorama ultrapassado, Fittipaldi campeão em 1972, e bicampeão em1974.

Noutras palavras: o problema é que, desde os meus nove anos de idade, quando meu pai me levou para conhecer a famosa pista de autorama do Ibirapuera, o problema – ou seria a solução? – é que nunca me sujeitei a bater punheta para o pau mole dele ou de qualquer outro filho da puta, e não vai ser agora, depois de velho, que farei festinha para a impotência de meia dúzia de gatos pingados que assombram um mundo que não existe mais. Já assinei meu atestado de óbito. E não faria sentido participar da exumação do meu próprio cadáver, desde 1975 é assim:

– Os garotos daquela época queriam ser Emerson Fittipaldi (eu não).

Para Thomas Bernhardt

– Ah, moça; eu queria escrever um romance de quinhentas páginas em dois parágrafos, e debruçar-me obsessivamente sobre minhas origens nazistas, inventar uma prosa elíptica, vertiginosa e cancerígena que escarnecesse de cada gota do veneno adquirido hereditariamente até o ponto de riscar do mapa os limites geográficos e metafísicos da pátria, dos afetos, desafetos e da família, só para chegar nas últimas linhas do meu *Opus Magnum* – talvez numa tentativa inconsciente e inútil de expurgar o nazismo em mim – só para chegar no final do romance, moça, e doar Wolfsegg *e tudo a que ela pertence,* uma fortuna incalculável, para a Comunidade Israelita de Viena.

Mas aqui entre nós, o maior tesouro – aquele que nenhum nazista ou judeu jamais irá alcançar – o tesouro que sempre esteve sob a custódia do outro mundo, é a minh'alma, moça, a alma que adquiri às custas de abjuração e apostasia, minha alma apátrida, ninguém vai tirá-la de mim, a alma que barganhei com a literatura é minha.

(amarga ilusão)

A vida continua. E a morte também.

A face resplandecente

Há anos a base de Kourou, na Guiana Francesa, vem se preparando para um acontecimento histórico. O cronograma da Nasa indica a data de 31 de outubro de 2021. Trata-se do lançamento do super-telescópio James Weeb que deverá orbitar o sol a uma distância de 1,5 milhões de quilômetros da Terra. Uma das principais metas do James Weeb é observar as galáxias mais distantes, as primeiras estrelas do universo. Ou seja, o homem vai "chegar/enxergar" 200 milhões de anos-luz mais perto do universo primordial, quase nos arrabaldes do Big Bang, perto da singularidade, do grande enigma...

Nisso, dobrei a esquina da Brigadeiro com a Major Diogo, e um arremedo desesperado de ser-humano (aquilo que antigamente chamávamos "semelhante") disse que tinha fome. Ofereci dois reais. Ele recusou. Insisti nos dois reais. Não quero seu dinheiro, quero comer, tenho fome. Me paga um almoço naquele bar. Ok, entendi. Esmola não basta, tem que interagir. Fui arrastado para o bar. E lá, na frente do balcão, e do alto de sua miséria universal, pediu um parmegiana de contra-filé, nada de frango, é de contra-filé e com muito molho. O balconista meneava a cabeça numa mistura de incredulidade e instinto assassino, enquanto caprichava no molho sobre o futuro bife a ser devorado pelo mendigo. E este, por sua vez – sem me olhar no rosto, concentrado no pedido que fazia – murmurou para que eu-pagasse o mais rápido possível, e que seguisse meu caminho:

– Paga e vaza – foi o que disse.

Era como se eu tivesse olhado a face do Cristo, e depois fosse obrigado a apagá-la da memória.

Passei o cartão, e acatei a sugestão do filho da puta. Segui meu caminho pensando na revolução que o James Weeb irá causar não só na astronomia, mas em todas as áreas do conhecimento humano. À guisa de comparação, pensei no Estreito que Magalhães navegou pela primeira vez faz quinhentos anos. Não é exagero dizer que o feito do navegador português, que aliás foi morto nas Filipinas e que, portanto, não concluiu a primeira circum-navegação ao redor da Terra (da qual é protagonista inconteste) reverbera até nossos dias. Daí que passei defronte o Hospital Pérola Byngton, e topei com outro morador de rua igualmente pasmado e primordial, mezzo Magalhães, mezzo James Weeb. Antes de ele falar qualquer coisa, me adiantei: "Quer um bife à parmegiana?" Então ele, até mais incisivo e ameaçador que o primeiro, respondeu: "Não, obrigado, só quero que você olhe para mim."

Como se a face do Cristo novamente me interrogasse. Talvez a tenha gravado na memória mais profunda, na hora zero-Big Bang. A face do Cristo gravada em sua resplandecência primordial. Talvez. Não sei ao certo, não sei bem. Virei as costas para ele, e segui meu caminho.

Desafio:
– Prova que você não está morto

Old Fashioned Rapadura

(onde o mundo acabou num bar de Tapas em Copacabana)

Desaparecem cidades, civilizações, mundos engolem mundos. Todavia a capacidade humana de resistir e reagir sempre prevaleceu. Atravessamos milênios num processo ininterrupto de autocanibalismo e transformação e, guardadas as proporções de tempo e lugar, as experiências adquiridas eram mais ou menos as mesmas – como se reafirmássemos a condição humana acima de sua própria fragilidade, apesar de todos os sortilégios, erros e tragédias provocadas ao longo da história. Os repertórios de Sófocles, Salomão, Sheakspeare e Oliver Fisher Winchester que o digam. Não estou falando de hábitos, usos e costumes apenas. Mas da força de multiplicação da perplexidade, do potencial de desdobramento do novo. O novo sempre foi sinônimo de ir *mas allá*, de espanto e desafio, sociedades se pulverizam, e culturas se transformam em pó, mas eis que cidades são construídas sobre cidades, sociedades são cingidas e paridas de outras sociedades e civilizações sobrepõe o pó de outras civilizações...

Até que dr. Frutuoso, meu advogado, me convida para ir num bar de Tapas em Copacabana. Uma data especialíssima para ele que, depois de muitos anos, resolveu sair do armário. Ia apresentar o marido para amigos e clientes. Não é que as revoluções não aconteçam hoje, muito ao contrário, acontecem aos borbotões. Hoje, o potencial de criação ou as perspectivas da criação, são infinitamente maiores, não obstante "o novo" em vez de se projetar para o futuro, encerra o presente:

Old fashioned rapadura – o nome do drink escolhido para celebrar o enlace entre Dr. Frutuoso e o futuro marido.

Talvez a tecnologia tenha esvaziado a capacidade humana de reagir ou de se espantar diante da própria reinvenção. Dispensa-se o repertório. E tudo o que poderia ensejar ou projetar o humano para o futuro não frutifica pela falta de equivalência ou pela desumanidade em si, até que cairemos em desuso: "tudo o que é humano, doutor Frutuoso, é indiferente":

– A criança que nasceu ontem não tem porque celebrar o nascimento da criança que nascerá daqui a vinte anos, ambas não fazem mais sentido.

Guzik

Há três meses preso num quarto de hospital: como se ele tivesse virado uma mobília no afeto dos amigos (...)

"A vida lá fora" – ele dizia... – como se não pudesse terminar a frase, como se a sua lucidez "a vida lá fora" fosse refém de um filhote de passarinho.

* * *

Crianças correm no restaurante:

Essa imagem sempre me proporcionou um certo alívio, oxigênio, felicidade. Não sei se é porque envelheci e perdi a esperança de um dia ver "minhas crianças" repetindo cena tão comum.

O fato é que, pela primeira vez, as crianças me sugeriram uma tristeza imensa; pela primeira vez – no lugar de imaginá-las "minhas" – me coloquei no lugar delas, e um peso, um sentimento de impotência diante do futuro tomou o lugar da felicidade. Como se a morte, mais viva e ávida do que nunca, tivesse descoberto meu esconderijo e brincasse de pique-esconde comigo.

* * *

"Não há mais velhos na vizinhança. Há gente envelhecida", disse Juliana Galdino.

– Meus amigos envelhecidos, envelhecendo ao meu lado, eu junto, envelhecemos sem uma identidade senil, sem a marca (ou dignidade?) dos nossos avós, derretemos feito queijo quente.

* * *

Novos velhos I

Não existe reposição hormonal para a alma. Nem Viagra para o espírito.

* * *

Novos velhos II

O desejo cansa.

* * *

Novos velhos III

Somos os bibelôs daquele velho museu de novidades que o Cazuza vislumbrou enquanto levava várias pirocas no rabo.

* * *

– Entenda doença como a vida que vai embora e não se ajusta consigo mesmo, nem a morte cura.

Bar desesperança

De repente, uma mulherada barulhenta apareceu no bar; elas falavam de futebol, jogavam sinuca e coçavam o saco umas das outras. Na mesa imediatamente ao meu lado, duas delas se atracavam com um sujeito que parecia um duende de franjinha verde, ameaçavam sodomizá-lo ali mesmo sobre a mesa de sinuca. Pedi a conta, dobrei a esquina e fiquei com vontade de desejar pêsames para o primeiro poste que apareceu na minha frente, antes disso, porém, falei para ele: "O amigo de todo dia" – eu disse para o poste: – "é a namorada que mija com a gente na rua". O puto não respondeu, insisti e desconfio que ele não havia lido *Tanto Faz*, porque ficou ali parado na minha frente, como se não tivesse compreendido nada, como um morto, como se ele fosse um poste e eu um cipreste que continuava estacionado na frente dele desde a virada do século XX para o XXI, mais precisamente quando Carlos Magno foi coroado no trono do Sacro Império Romano Germânico, há mil e duzentos anos.

Número 10

O problema não é tanto o diabo. Ele faz a parte dele, as tentações, fake news e todas as maldades sertanejo-universitárias constantes na *vulgata versio* há pelos menos mil seiscentos e cinquenta anos. O problema não é o tranqueira. O problema é ter de aguentar as carinhas de quem fez acordos com ele. Os anos passam, as décadas passam e são sempre as mesmas carinhas vazias e insossas pipocando em talk-shows, outdoors, embalagens de ração e gôndolas do Carrefour. As mesmas carinhas nos programas de auditório e nos caminhos de Compostela, nas timelines de todos os trampolins e plataformas e na putaqueopariu o tempo todo, em suma, ocupando um lugar que não é delas e enchendo muito o saco de quem não tem nada com isso.

Até que a carinha morre e vai para o inferno. Que nada mais é do que a "carinha" reproduzida em milhares e milhares de espelhos – sem palco nem audiência e nenhum fofoqueiro ou paparazzi ou qualquer pobre diabo para lhe dar atenção. Só a carinha insossa e ela mesma, a carinha e os seus desertos, eternidade adentro. No inferno.

Oitava Metástase

Gastronômicas:

1. Pastel de feira só em banca de japonês!
Ou vai me dizer que você confia no seo Kimura fritando acarajé?

2. Depois de cinquenta e quatro anos circulando por esse planeta em chamas, posso apenas afirmar uma coisa com relativa convicção:
– Pão com ovo (malpassado) e café forte. O resto é uma história contada por um idiota, um dia depois do outro, ilusão, fúria e sentido algum.

3. Cheguei num ponto da vida em que não troco um sanduíche de bife à milanesa por qualquer satori, nirvana e/ou iluminação equivalente.

4. Não existe amor sem Spaghetti al sugo.

5. Em minutos um cheesburguer pode recuperar décadas de felicidade perdida. Eu sinceramente recomendo abandonar as vocações, a vida e a morte, e também dar de ombros para as ambições, o fracasso e o sucesso, que se danem os amores perdidos e aqueles que virão, recomendo esquecer o passado e o futuro, e esquecer de si mesmo, troque tudo o que você aprendeu e desaprendeu na vida, troque tudo por uma mordida colossal num cheesburguer, uma só mordida.

Como nossos pais

(para Amandinha do Photoacompanhantes)

Ela é dentista, "uma profissional conceituada no mercado" – segundo suas próprias palavras.

Mas está exausta da profissão.

Disse que fazer obturações e canais a desbotava, que a cada dia perdia um pouco da alma no consultório, sentia-se "despetalar". No final do mês, os pais a ajudavam no aluguel e na escola da Valentina. Só ela sabia do sacrifício que eles fizeram e continuavam fazendo para realizar o sonho de ter uma filha doutora:

– Uma humilhação para mim. E para eles também.

A mesma humilhação dos tempos da faculdade. A diferença é que, agora, não mais divide o apartamento com duas amigas em São Caetano, mora com a filha no Itaim. Só isso. Não tinha sido para viver como "uma desparecida" que fizera odonto na Unip.

– Com vocês é o contrário, cada cliente que atendo é um pouco da cor que recupero, é o vento que sopra do mar, quando cobro o que valho, volto à vida, vicejo.

E arrematou: se for para ser puta e não cobrar, prefiro ser mulher honesta.

Um argumento que destruiu qualquer possibilidade moralista de contestação. A objetividade irrefutável e a falta de cerimônia com a qual dizia-se GP era mais ou menos proporcional à perplexidade que me afligia ao "comprá-la".

Não era, afinal, a mesma coisa que ir ao dentista? Para ela e para as GPs que varreram do mapa – sem afetações metafisicas, diga-se de passagem – o estigma da prostituição, sim. Para um carola que tinha idade de sobra para ser o pai dela e que jamais iria engolir a derrota da alma para o corpo, não. Como se só eu fosse o corrupto: na moralidade, na carne, no tempo/espaço e até na minha tosca noção de transcendência. Um jogo desigual, muito estranho e tesudo.

Doutora tinha planos para dar entrada num apartamento até o meio do ano, e financiaria o restante em cinquenta meses, a juros baixíssimos pela Caixa. Uma hora de motel era a mesma coisa que 12 horas no consultório. Ainda não ia largar a odontologia, apesar da exaustão e do nojo (repetia a palavra "nojo" com asco) do nojo que sentia pela profissão:

– O que é um beijo grego perto de um tratamento de canal?

Ela pretendia diminuir o ritmo no consultório, atender às terças e quintas. Estudava uma proposta para atuar num pornô-lésbico, que seria gravado no próprio consultório, e dirigido por um coletivo de mulheres feministas (que de maneira alguma poderiam saber que ela era uma GP). Dava para conciliar. E ser parcialmente feliz, muito feliz.

– Sou jovem, inteligente, cheia de vida, bonita e gostosa. Não quero nem pensar que minha filha venha a ser uma apagada. Se depender de mim ela vai ter tudo do bom e do melhor, começando por uma excelente educação. Nunca vou deixar faltar nada para Tina. E pode escrever o que eu digo, você é escritor, não é? Escreve aí. Se for preciso pago faculdade, mando para o exterior, pode multiplicar por mil o sacrifício que meus pais fizeram por mim, faço qualquer coisa por minha filha. Qualquer coisa! Ela saiu de dentro de mim, é uma ligação mágica, você não faz ideia do quanto nós duas somos uma só. Com a Tina e comigo não existem pressentimentos, nós sabemos uma da outra, e eu sei, eu sei que ela vai ser uma puta médica.

O Melhor Oral Babadinho da Vila Alpina, minha namorada

Arrumei outra namorada de aluguel, é namorada mesmo mas é de aluguel. Faz um ano que estamos juntos. Só temos um assunto que é proibido, dinheiro. Combinamos um valor mensal (de vez em quando deposito uma grana a mais), e pronto. Não se fala mais nisso.

E o que me estimulou a repetir a Ted desde o primeiro mês, e os Pixs nos meses seguintes, o que me deu e continua dando tesão, ou melhor, o que complementou o tesão das nossas fodas, foi o nome que apareceu no primeiro recibo: Mariana Santos. Um nome comum, nome de vila, de congregação, nome de prima, da garota mais bonita da escola. A partir daí, e pelo fato muito peculiar de ela não ter nenhum garrancho tatuado no corpo, é que resolvi pedi-la em namoro, Mari aceitou. Fui apresentado à sua pequena família. Que contava com ela (a provedora), Fernando Henrique, o filho que teve aos quinze anos e que é o seu orgulho, e a mãe, uma paraibana chamada Ginásia, dona Ginásia?

– Sim, Ginásia – disse "a velha" que é mais nova do que eu, e que também dava um bom caldo, "Ginásia completo".

Moram na zona leste, longe pra caralho, numa quebrada da Vila Mafalda, muito pra lá do Tatuapé, entre Vila Alpina e Vila Prudente. O shopping Anália Franco e o famoso crematório do bairro vizinho estão sempre presentes na conversa de mãe e filha, bem, eu acho que deve ter uma associação ou um ato falho aí – mais da minha parte do que da parte delas. Todavia isso não importa, o que vale é que eu estava precisando de shoppings e crematórios na minha vida, urgentemente necessitado de uma família.

Nosso namoro nada tem a ver com a modalidade "*sugar*" que está bombando depois que os millennials decretaram o fim do amor romântico, ainda que Mariana tenha 25 anos, e eu um pouquinho mais que o dobro de sua idade. No *sugar* o pressuposto é o velho babão dar uma vida de luxo e futilidades para sua baby, *sugar-baby*. Com Mariana é diferente, ela até fica preocupada com meus gastos. E não gosta de me ver torrando dinheiro com bobagens, me corrige o tempo todo. Nunca me cobrou nada explicitamente, embora às vezes mandasse links de "promoções imperdíveis" do Magazine Luiza. Claro que comprei o microondas, o sofá de dois lugares e o *Caston Silver Star Air*, colchão de casal ortopédico para o nosso deleite, e para que ela pudesse exercer o ofício com conforto e segurança, e claro que o sexo também é ótimo, familiar.

Outro dia, depois de uma bela trepada de domingo (Faustão e as cinzas dos defuntos da Vila Alpina são testemunhas) não aguentei, e resolvi tocar no assunto proibido, queria dar um aumento – merecido, muito merecido – para ela. Na verdade, nem precisava comunicar nada, era só fazer uma nova transferência bancária, e pronto, tudo certo. Mas tão grande era meu desejo em lhe dar o merecido aumento, que este detalhe acabou passando despercebido. Não é que meti os pés pelas mãos, nem tanto, o que fiz foi entrar direto no assunto, de modo que a comuniquei: "Mari, Mozão, a partir de hoje é bandeira 2, você merece."

Assim que nos chamamos, Mô e Mozão; às vezes ela é a Mô e eu sou o Mozão, às vezes é o contrário, o efeito psicológico e a tesão que esses apelidinhos ridículos provocam da minha libido é algo para ser estudado pela Nasa. Ela riu, porque está sempre rindo (recebe para isso, afinal) e respondeu: "Sou seu Uber, Mô, deixa de ser chato e me beija".

Então nos beijamos, de verdade, pela primeira vez. Antes disso, o beijo nunca havia sido grande coisa, parecia que ela não entregava a língua. Male-male dava uns selinhos, e beijava ou fugia do beijo como uma profissional – e eu a admirava por isso, pelo profissionalismo. Só que dessa vez ela caprichou, e me tascou um beijão de língua mais real e até melhor do que o oral babadinho, que era especialidade dela & slogan que usava para se vender no *Photoacompanhantes*, o site de putaria onde nos conhecemos, o melhor oral babadinho da Vila Alpina. E é tácito, é claro e é evidente, que passei a remunerá-la na bandeira 2, e não tocamos mais no assunto.

– Para que time Fernando Henrique torce?

– São Paulo, igual o pai dele, aquele zé-droguinha.

Não ia rolar, um enteado são-paulino, destoava da nossa felicidade bandeira-2. Nessas horas dá Paulo Coelho na cabeça: o inconsciente, e o universo conspiram a nosso favor. Eis que me veio à mente o Mercado Municipal, idos de 1979. Mais precisamente a banca de Secos e Molhados do velho Pascoalão, meu avô. À época tinha 13 anos, e passava as tardes no Mercadão, às vezes tirando pedidos, às vezes no caixa, e na maioria das vezes somente tirando onda mesmo, e me divertindo com o velho e com as figuras inacreditáveis que apareciam por lá, carcamanos do século XIX, clientes fiéis que eram compadres do velho, e até duas amantes dele tive a honra de conhecer. Bem, para resumir e não me perder em digressões, é o seguinte: se fosse "palmeirista", segundo o peculiar processo de seleção do velho, estava empregado. Podia ser ladrão, assassino, psicopata, um traidor corintiano, etc, etc tanto fazia, o que importava era vestir a camiseta alviverde, e fingir-se palestrino.

Bingo!

Providenciei uma camiseta do Palmeiras para Fernando Henrique ou FH, dessas retrô, número 8 igual à do Leivinha (deem um google em "Leivinha, academia", vale a pena).

– Ele adorou o presente, Môzão! Virou palmeirense. Esse garoto é um filho da puta – constatou Mariana às gargalhadas.

– Tem futuro, acrescentei. Tem futuro!

– Só tá precisando do calção para completar o uniforme.

Era a senha para o cartão da Renner que ela tanto sonhava. E para a etapa seguinte ou para o avanço tecnológico do nosso namoro, quando Mozão fez a melhor maionese de ovo cozido que experimentei ao longo da incrível jornada que me trouxe até aqui, oh, Deus, que piçirico, que maionese! Nem é preciso dizer que ela ganhou o cartão da Renner, mas isso é irrelevante.

Assombroso, afinal das contas, foi constatar que a maionese era somente uma dentre as inúmeras especialidades da mulher mais inteligente que conheci na vida, a surpreendente Mari, o melhor oral babadinho da Vila Alpina:

– A vida é simples, né Mô?

– Com certeza, Mozão. As pessoas é que complicam.

Deus vai lhe atender. Você tem uma chance apenas. Um desejo. O que você pediria?

– Que tirasse a esperança das pessoas e, no lugar, lhes desse um dia depois do outro.

22.

Não há nada mais inútil e modorrento do que o disco voador que vejo agora. Nem a solidão da espécie humana no cosmos consegue ser tão patética e desprovida de significado. O óvni deu voltas e voltas em torno do Cristo Redentor, em instantes mudou de cor várias vezes, passou do vermelho para o verde e depois do laranja para o azul. O mesmo showzinho deprimente que distraiu os habitantes de Pompéia antes de virarem monolitos. Deram o mesmo vexame na apresentação de Joe Cocker em Woodstock. Sobra tecnologia, falta um bom diretor, coreografia e, principalmente, texto. O repertório deles não muda. De repente o insosso óvni começou a ziguezaguear, girou sobre si mesmo e afastou-se do Redentor: pirulitou-se lá para as bandas da Leopoldina. Com certeza foi acompanhar os treinos do Bonsucesso que se prepara para enfrentar o Nova Iguaçu pelas quartas-de-final da taça Santos Dumont. A partida está marcada para hoje, às 20 horas, no Estádio Jânio de Moraes, o Laranjão, em Nova Iguaçu. A expectativa na Baixada é grande. Em entrevista exclusiva para a rádio Cacique, o vereador Amando Frutuoso, torcedor símbolo do Nova Iguaçu e sócio proprietário dos *Armarinhos Pague Menos*, cravou que será um duelo do outro mundo. Não duvido.

Buongiorno!

Eu andava meio esquisito. Cismei com as axilas da Mari, minha namorada. Foi na mesma época que nutria uma obsessão quase religiosa por caixas de gordura e ralos entupidos. Tive de recorrer a um padre exorcista que me encaminhou prum psicanalista argentino, que resolveu me hipnotizar.

Daí troquei de namorada. Maior fodão, linda. Inteligente. Simpática e bem-humorada. Alguma coisa estava errada.

– Buongiorno! – me disse sorrindo e de pernas abertas, às oito horas da manhã, a nova namorada.

Alguma coisa estava mesmo muito errada.

De tarde, depois da *siesta* (porque ela também me acompanhava na siesta) demos outra foda-tarantela. Na sequência do cigarrinho, ela me disse, com o sorriso mais lindo do mundo:

– Lítio.

Nunca me interessei pelo tema, embora tenha morado com uma pirada que tomava um caminhão de antidepressivos, e talvez por isso mesmo, isto é; por jamais ter verificado qualquer efeito positivo nela, a menção a uma simples maracujina me entediava profundamente. Parei no *Lithium* do Nirvana. O assunto tarja-preta me interessava tanto quanto a oscilação das commodities brasileiras nas bolsas asiáticas. Quando me falava dos remédios que usava, da amiga que havia trocado o medicamento x pelo y ou do novo tratamento combinado com não sei qual dieta milagrosa, putz, eu sabia que vinha merda pela frente. E vinha mesmo. Ato contínuo, a maluca cismava que os garçons eram seres que atrapalhavam a evolução espiritual do planeta. Claro que atrapalhavam, a culpa só podia ser dos garçons, a culpa era deles. Nessa hora, eu pedia outra dose de pinga com limão, olhava para a copa das árvores e me entretinha com a vida dos passarinhos. Grosseria da minha parte, reconheço. Até então minha *ex-partner* era a prova viva de que aquelas merdas de antidepressivos definitivamente não funcionavam.

Diz o google que o lítio foi descoberto pelo patrono da independência, Jose Bonifácio de Andrade e Silva, e que se trata do clássico dos clássicos no tratamento das manias e das depressões: "o uso prolongado de carbonato de lítio em doses sub-terapêuticas tem se demonstrado capaz de atenuar a deterioração cognitivo-funcional, além de reduzir a demência". Exatamente o contrário do que eu observava no meu dia-a-dia com mme.Barraco, minha ex.

A primeira conclusão, a mais primária e tosca que pude engendrar foi a seguinte: funcionava numa e na outra não funcionava. A segunda foi: Zé Bonifácio era muito foda. Quiça o cara mais foda do império!

Continuei dando linha pro google: "uma das teorias é que o lítio tem um papel de proteção e criação de novos neurônios". De novo, a nova Gioconda era a prova viva de que o lítio podia fazer o efeito diametralmente oposto em duas mulheres "aparentemente normais" que por acaso trepavam comigo. Curioso, muito curioso. Prosseguí: "um ponto a se considerar é que o TAB (transtorno afetivo bipolar) se relaciona com a hipersexualidade. Quando o equilíbrio de humor se estabelece, uma mudança no apetite sexual pode ser identificada como um efeito colateral":

– Come meu cu, amor.

Aí fui pesquisar: viagra, stends, doença coronária crônica, hipertensão sistêmica, infarto, morte.

Opa! O google liberou o viagra!

Domingo de manhã, acordei com um Bonjour mon cher. Vida que segue até que acaba.

Santa Rita de Cássia

Qualquer lembrança da infância mais longínqua virá necessariamente acompanhada da imagem de Santa Rita de Cássia, nem preciso fazer associação, é automático: como se Rita de Cássia fizesse parte da história material da minha memória, como se a abstração do tempo fosse mensurável, como um gatilho disponível. Creio que é isso. Aos pés dela uma vela acesa desde 1970. Era a primeira visão que tínhamos ao entrar na casa da vecchia, o altar de Santa Rita pairava acima do bem e do mal. Um lugar sagrado onde se empenhavam as esperanças e encerravam-se as discussões.

Semana passada lembrei que os livros do Carlinhos Oliveira e alguns utensílios domésticos, principalmente o escorredor de macarrão (mágico) que herdei da vecchia, haviam sido esquecidos no guarda-móveis desde a última mudança. O problema é que além do que sobrou de mim, entulhados em dezenas e dezenas de caixas está o resto da mudança dos meus dois irmãos; um se pirulitou do Brasil e o outro se internou nos cafundós de Minas Gerais. Trocando em miúdos: em comum acordo resolvemos dividir o aluguel de um box no guarda-móveis para esquecermos uns dos outros, e está funcionando.

Pois bem, em busca do escorredor mágico, e do *Homem na Varanda do Antonio's*, acabei topando com a santinha embrulhada num indiferente plástico bolha e encaixotada de cabeça para baixo. Não sei quem a embalou e muito menos como é que ela foi parar numa caixa junto com o projetor de slides, uns livros da Adelaide Carraro suspeitamente mocozados (de quem seriam?) e a coleção de cinzeiros roubados da minha mãe.

Julguei um sacrilégio.

Então a resgatei. Hoje, Santa Rita ocupa um lugar de destaque na quitinete. As putas, todas sem exceção, beijam seus pés e a reconhecem pelo nome e sobrenome, até que a diarista cismou que ia deixar um bilhetinho debaixo da imagem. Se Rita de Cássia começar a atender pedidos e a realizar milagres, coisa que não acho nada improvável, aí é que eu quero ver o que é que vai sobrar da minha memória – que nunca foi grande coisa. Não tenho idade nem equilíbrio psíquico, digamos, para um novo ciclo da santa:

– Não comprometendo a metafísica dos spaghettis, e não atrapalhando os piciricos com as primas e com Carlinhos Oliveira, santinha, tá tudo certo. Ah: rogai por nós pecadores!

O Sorriso mais lindo da cidade

Ia levá-la para rodoviária:

Tínhamos pouquíssimo tempo. Enquanto ela se arrumava, pensei nas trilhões e trilhões de vezes que namorados repetiram a mesma cena. Acho que até os casais de australopitecos já viveram situação parecida:

– Apressa, mulher!

– Tô indo, amooor...

– Você vai para a rodoviária com essa roupa de puta?

– Eu sou puta, amor. Esqueceu?

Não lembro, aliás, sempre esqueço, difícil assimilar, quase inacreditável.

Uma nova safra de putas, as millenials, simplesmente desprezam – e talvez por isso mesmo extirparam – o estigma milenar da profissão. Um desprezo que nivela a putaria mais torpe ao nível de um tratamento de canal. Um trabalho como outro qualquer, cujas práticas são tabeladas pelos respectivos sindicatos: obturação = x; boquete = y ; canal = x+z; vagina = x; implante = x+y+z ; vagina mijada = x+z%. E por aí vai até a retirada do último tártaro e o arreganhamento da última prega do cu.

Daí que a sanha pelo dinheiro permanece inalterada, bordeja acima do tempo, dos modos e costumes, da moralidade e de qualquer orifício, estigma ou maldição. A propósito: tantos ofícios e orifícios invertendo os usos e lugares, uns criando novos significados e outros sumindo do mapa e logo a putaria, a mais antiga das profissões, agora mais atualizada, moderna e protocolar do que nunca. Por um lado, isso é muito curioso e é um dado histórico/antropológico que merece ser estudado. Por outro, é um pouco chato porque, junto com o estigma, a culpa e todos os seus subprodutos foram para o beleléu. E como estou cansado de dizer, e como aliás trata-se do meu mantra e do mantra da humanidade há dois mil e vinte e um anos, é difícil entender/viver um mundo sem culpa. Especialmente para um cara como eu, que devo ter vindo do milênio retrasado e que deve tudo o que conseguiu, inclusive a própria sobrevivência, à culpa.

Para ser sucinto e não a alimentar ainda mais (mesmo porque não teria qualquer efeito), eu diria que é algo bem esquizofrênico administrar a vida apenas pelos canais ginecológicos, sem ter culpa no cartório:

– Bem, agora vai depender do *rush, little girl*. Se a marginal do Tietê não estiver congestionada, chegamos antes das 19 horas na rodoviária.

Às vezes parece que estou realizando o sonho ingênuo de sair com a menina mais gostosa e bacana do colégio, outras vezes parece que pago o michê da minha própria filha, cuja especialidade é o duplo anal giratório e o sorriso mais lindo e brochante da cidade.

A HISTÓRIA DAS DESCOBERTAS

Acreditar é o segredo. Ao longo da história o homem não fez outra coisa senão acreditar. E com um agravante, sabia que no final ia morrer, que nada fazia muito sentido. Acreditou para além das próprias forças, e até apesar da esperança. Se não fosse assim não teria saído das cavernas. Não teria mandando Cassini para Saturno, não teria descoberto que o cérebro e o intestino são feitos do mesmo material. Só o fez porque acreditou. Primeiro, pelo instinto de preservação e, depois, para ir *mas allá;* tá certo que na maioria das vezes acreditou somente para atender aos seus interesses mais mesquinhos e predatórios, mas isso é irrelevante. Da mesma forma que não importa se a maior parte do tempo o homem acreditou/acredita em coisas inúteis, ridículas e autodestrutivas, o que vale é que o crédito o leva a sair de si: para onde vai e as consequências de suas escolhas, é outro papo. Pense num caroço de azeitona. A vida pode fazer sentido por causa de um caroço de azeitona. É o crédito não é o caroço. Aqui não estamos falando de algo abstrato, mas de um lastro. Trata-se do mesmo princípio de funcionamento de uma Usina de Enriquecimento de Urânio. Um caroço. De azeitona. Pois bem, acreditar, ou melhor, considerar um caroço de azeitona pode fazer a diferença entre a vida e a morte. Pense na aparente desproporção e na inutilidade de um caroço de azeitona e leve em consideração a singeleza de uma maça que acidentalmente caiu na cabeça de sir Isaac Newton. Eu acredito em Deus.

23.

É bom saber que somos manipulados pelo sobrenatural e que a margem de manobra do livre-arbítrio é limitadíssima, assim podemos acreditar em Deus sem ter esperança.

* * *

E fico aqui pensando comigo mesmo; não é melhor acreditar nos pássaros, nas cachoeiras e no azul do céu sobre nossos cornos, nos anjos, querubins & serafins que iluminam o quarto das crianças que morreram antes do tempo – enfim, não é preferível acreditar que Deus inventou o arco-íris depois da chuva, e mais o cheiro da chuva e os bifes de alcatra e a umidade que brota de dentro das mulheres, e que realmente Deus existe, do que acreditar no mundo insosso e sem calorias que as nutricionistas inventaram para gente?

* * *

Se Ele existe, as crianças com câncer são testemunhas de sua criação. Rezem para Deus e por ele também.

O diabo num bar da Martins Fontes

Ele me disse:

– Você precisa ter fé.

Não entendi. O diabo falando em fé?

Com a palavra o dito cujo:

– As pessoas, coitadinhas, acham que a fé é exclusividade do bem. A coisa meio que funciona no automático, só falar em fé para fazer a associação com mártires, santos e milagres da Igreja Católica. Não! Não é nada disso! A fé não é de ninguém, a fé é vira-latas. É de quem tem. As pessoas esquecem que existiram e existem grandes filhosdaputa que foram ou são homens de muita fé, inclusive dentro da própria igreja e em lugares que você nem imagina, a fé – eis uma verdade irrevogável – a fé que move o mundo. Você tem que ter fé, irmão, vai por mim.

– Papa Chico? – perguntei.

– Bem, aí você chega a conclusão que quiser. Só estou dando um alô, um "se liga". Tenha fé.

– Fé???

– Sim, você vai sentir uma leveza de espírito, em alguns casos brota até amor no coração. Tenha fé. Anda com fé, irmão, a fé não costuma falhar.

Requerimento da AVC

(Associação dos Vampiros do Cambuci)

Ah, que tesão que é mulher de luto, de óculos escuros. O gramado do Getsêmani, no Morumbi, é lindo às três horas da tarde, sobretudo no outono. A luz que incide nessa época do ano é um espetáculo – com o perdão do trocadilho – sobrenatural. Aquele campo de golfe para esqueletos se transforma numa passarela. Não, não há coisa mais bonita no mundo do que acompanhar as viúvas, e as respectivas filhas, enteadas e agregadas desfilando seus xales, unhas vermelhas, rabos de cavalo, nucas brancas e óculos escuros.

Senhores dentistas, autônomos, representantes comerciais, franqueados da Casa da Vovó do Pão de Queijo e fornecedores de autopeças para indústria automobilística nacional, executivos da Ultrafértil e acionistas da Taurus e Vale do Rio Doce, morram no outono, façam isso pelo amor de suas viúvas, filhas e enteadas, a vampirada do Cambuci agradece.

Finados, 2017, dois de novembro al dente

Névoa gorda encobre o Corcovado. As condições meteorológicas e espirituais me convidavam a ir ao São João Batista. Chuva fina. Ambiente familiar, acolhedor. Juro que deu vontade de passar uma longa temporada por lá.

Teve uma reciclagem no cemitério.

Aqueles mortos sisudos e eternos, falecidos no crepúsculo do século retrasado, foram substituídos por gente que bateu com o rabo na cerca depois dos anos cinquenta.

Tem muito gaiato(a) tirando uma onda "vem pra cá, amizadinha" em foto colorida, gola rolê e calça boca de sino: para quem curte, os anos setenta são a última moda no São João Batista.

Um Ceasa do além, mortos que aproveitam a vida antes e depois da morte e pouco se importam se é proibido fumar e trepar sem camisinha. No São João Batista ninguém é obrigado a chancelar qualquer coisa diferente da vala-comum. Zero de hipocrisia.

Saí de lá revigorado. Cheio de vida. Vida que visivelmente está faltando aqui do lado de fora. Eu recomendo. Nem seria preciso dizer, mas recomendo efusivamente a morte e o cemitério para os vivos e os mortos, para os que acham que estão vivos e os que pensam que estão mortos.

Décima Primeira Metástase

(a paisagem em mim)

Mentira Tropical

Praia Vermelha – Um grupo de índios e mendigos se banha em meio a sacolas de lixo e garrafas pet que vão e vem ao sabor de ondas mansas e oleosas. Enquanto isso, no Shoptime, Helô Pinheiro vende jazigos num cemitério de luxo perto de Atibaia.

Relatos Selvagens Cariocas

1. Copacabana

Túnel Major Vaz. Um casal de adolescentes e mais uma garota travesti copulam na via dos pedestres. Outros garotos gritam no entorno e jogam paus e pedras nos transeuntes que, para não invadir a pista, se espremem entre o lixo e a merda dos mendigos. O garoto travesti tem peitinhos de pitomba. Delícia.

2. Falett-Fogueteiro, Santa Teresa.

Subitamente, o silêncio. O coração cético do paulista bate sobressaltado. De repente, Roberto Carlos irrompe atrás de uma jaqueira e se junta a um coro de cigarras, o Rei anuncia Jesus Cristo, Jesus Cristo, eu estou aqui. Os cães voltam a latir.

3. Aterro do Flamengo

Você passa muito tempo acreditando que tal orixá é o seu guia, que Dostoiévski é o seu encosto de cabeceira e por aí vai, você se dedica a vida inteira a consultar o mesmo signo do horóscopo, e condena a si mesmo a ser aquilo que você pensa que é. De repente, testemunha um ciclista sendo assalto por dois homens, um deles veste a camiseta do Boca Juniors, então muda tudo.

4. Largo da Prainha, Gamboa, 2013

Parece que a rua Sacadura Cabral é um set de filmagem do George Lucas. Reza a lenda que o Angu do Gomes é sobrenatural. Os bares vizinhos cobram 18 reais uma dose de pinga. Disseram pro gringo que o samba nasceu ali perto, na Pedra do Sal. Ele acredita, e é verdade e é tão real como o barulho ensurdecedor do exaustor gigante do metrô que os "clientes" substituíram pelos fantasmas dos estivadores e malandros que – consta – assombram o local de terça a domingo a partir das 19 horas

O problema é fingir que fantasmas existem e o exaustor é imaginação.

5. Glória

Uma praga:

– Aquele travesti vai enrabá-lo (ela enfatiza e sapara cada sílaba do « en-ra-bá-lo"): vai enfiar uma pica inútil e mole na sua bunda. E você, seu filhodaputa, vai pagar caro por isso! Muito caro!

6. Posto 8, Arpoador

Dois de fevereiro, Iemanjá. Final de tarde. Paulista aluga uma cadeira de praia, enfia o pé na areia e se depara com o brilho de uma moedinha. De um lado a rainha Elisabeth II, de outro um tótem que carrega dois totenzinhos no bucho. Kiwi neozelandês! Ele pensa nos filhos que não teve, acha que é um sinal. E agora? Consulta três amigas pelo celular. Uma é professora da rede pública, outra acabou de arrumar uma confusão no supermercado e a terceira está passando pela catraca do ônibus naquele instante. A resposta das três coincide, elas são peremptórias e implacáveis: "oferece pra Iemanjá". Incrédulo que é, pechincha com o vendedor de biscoitos Globo, e guarda a moedinha na carteira.

7. Pavão Azul, esquina da Hilário de Gouveia com Nossa Senhora de Copacabana, conversa de bar:

– O tempo todo passando calor e quando esfria vou me agasalhar? Quero sentir frio, irmão.

– Mas e o vento gelado, a chuva? Não incomoda?

– Nada. Delícia. O biquinho do peito fica duro, põe a mão aqui…

8. Blasé Frango com quiabo

– Esse descolamento de Iemanjá chique, que transforma até o mais insuspeito carioca em paulistano deslumbrado, é o que me incomoda. O cardápio do Belmonte é o que me incomoda, dá para entender?

9. Padaria Santo Amaro, esquina da Rua do Catete com Santo Amaro.

Uma garotinha negra puxava a barra da camisa da mãe, e esperneava: "Mãe, quero ser branca! Branca! Mãe! Mãe! Quero ser branca!"

10. Rio de Janeiro

O túmulo da pizza.

11. A diferença de São Paulo para o Rio é que incorporamos a diferença social pelo ódio, e ninguém faz questão

de esconder este sentimento. Os cariocas (os da zona sul, claro), talvez por conta dos bloquinhos de carnaval e da umidade – e apesar da guerra civil em que a cidade está mergulhada há décadas – ainda não descobriram que se odeiam (tanto).

12. Praça de Alimentação do Shopping Ibirapuera:

– Senhora evangélica com a Bíblia em punho interrompe o idílio de um casal de barbudinhos que se beijava na fila do Mc lanche feliz.

13. São Paulo de todos os santos

– Como é que alguém que enche o pastel de *catchup* pode ser chamado de "cosmopolita"? Trata-se de uma lenda que graças a Deus acabou junto com os publicitários-yuppies dos 80's. Cosmopolita, Olivetto, é o meu pau! O paulistano é farofeiro mesmo, com muita propriedade, orgulho e com um paladar festejadíssimo, mas estragado pelo hábito.

14. Love Story

Casal de mendigos quebra o pau. Ela joga um saco de lixo nele. Depois o ameaça com uma pedra, xinga o estrupício de "viadofilhadaputavoutematar", cospe nele, avança.

Ele abaixa a cabeça, pega um pedaço de pau, e dá um xeque-mate nela: "Vem, pode vim Patricinha, vem que eu te amo."

15. Às vezes a marginal do Tietê faz barulho de mar. Nada a ver com o rio que corta a cidade. Quando o vento sopra

do leste, e coincide com a hora do rush, ouve-se a arrebentação até na Vila Bonilha. É o mar do Piqueri que segue na confluência da Bovinu's Grill com o Depósito Vicente – Pisos e Materiais de Construção.

* * *

Ontem à noite, descendo a rua Augusta, remoí: não tenho mais nada a ver com as pessoas e com a paisagem desse lugar. Sou de outro tempo, de outra Augusta. Errado. Completamente errado. Noutro tempo e noutra Augusta também era um estrangeiro. Tão deslocado ou mais até do que hoje, e isso nada tem a ver com minha idade nem com o tempo que passou.

Se você, como eu, resolveu viajar ou se projetar no tempo, pense no seguinte: pedir arrego ao passado é algo tão esdrúxulo quanto sentir-se deslocado no presente.

Sempre bom ter essa carta na manga, ou você pode nunca mais saber qual é o seu lugar.

Quando o espanto vira tristeza, está na hora de morrer.

24.

Rodoviária Novo Rio. O ônibus que eu deveria embarcar cujo horário marcava 11h55 saiu meia noite e quarenta. Detalhe que o ônibus das 11h59 saiu uns vinte minutos antes. Gritaria, motorista batendo boca com passageiro, improviso generalizado, mala perdida, empurra-empurra.

Mas o pior disso tudo nem é a minha tristeza em ter de voltar para São Paulo novamente, o pior são as malas cor-de-rosa, as sacolas, a bagagem e as meninas cor-de-rosa vestidas de princesa da Disney. Por que diabos as mães submetem as filhas a tamanho constrangimento?

* * *

No calçadão: O olhar cúmplice da grávida com um filho no colo, a cumplicidade negada.

PARÊNTESES

(A primeira parte do poema “Entrevista” de Manuel Bandeira é praticamente esquecida em detrimento do desfecho com chave de ouro:

“De mais bonito Não sei dizer. Mas de mais triste,
– De mais triste é uma mulher

Grávida. Qualquer mulher grávida.”

Todavia, o que poucos notam, é que a primeira parte do poema atravessa o antes e o depois da gravidez: *“Vida que morre e que subsiste.*

Vária, absurda, sórdida, ávida,

Má!”

Foi exatamente o começo de “A entrevista” que me ocorreu quando notei que a criança pesou no colo da mulher grávida, e então a mãe não era somente o retrato da maior tristeza do mundo, ela amaldiçoou a própria vida dentro e fora do ventre – sórdida, ávida, má)

Não canso de repetir: mãe é o primeiro endereço.

Numa lanchonete em Botafogo

Tava comendo um pastel chinês, aquele que parece uma mini-bola de futebol americano. Difícil pedir um guaraná para a chinesa atrás do balcão, ela insistia em me entregar um "guaravita", talvez me julgasse carioca, e cariocas misteriosamente adoram guaravita. Pois bem, ao meu lado tinha um sujeito truculento que comia de boca aberta e tirava sarro da chinesa. Olhava para mim e forçava cumplicidade, a mesma cumplicidade das grávidas com bebê no colo. Evitei contato visual. Todavia, à guisa de álibi, passei a comer o pastelão de boca aberta. Na hora que o sujeito se espichou para pegar a pimenta, vi a arma brilhando a partir do coldre.

Sinto um puxão na franja da camisa.

Era um garotinho pedindo esmola. Eu costumo dar esmolas, mas sei lá por que (ou sei, a situação me inibiu) disse pro moleque "circular". Naquele momento, o miliciano havia conseguido a almejada cumplicidade. Me senti o maior filho da puta do mundo. Paguei a conta, e fui atrás do garoto. Infelizmente não o encontrei. Não sei se o fato de o encontrar aliviaria minha consciência, ou corrigiria alguma coisa. Mas sei que fé em Deus é fácil de ter, qualquer um tem. Problema é ter fé nos homens, aí é outro papo.

Brasil 2021 – uma odisseia no Tártaro

Algo muito fora do lugar, em desacordo com o tempo e o espaço, absolutamente fora de contexto. Crianças. Aparentemente crianças. Não famélicas, nem pedindo esmolas como nos acostumamos a vê-las e como de fato são, tristes e sujas da rua. Mas crianças felizes, brincando como crianças. Crianças de condomínio, louras, brincando de pique-esconde ao redor das mesas do bar. Os pais igualmente louros, lindos, jovens e queimados de sol, saudáveis. Não sei por que, mas a palavra "saudável" pisca como um banner publicitário na minha mente a cada duas vírgulas.

A família havia ancorado um veleiro azul e branco na frente do bar.

Não bastasse ainda tinha um Golden retriever estacionado languidamente aos pés do casal. Também saudável. Um cachorro próspero, sedoso e dourado. Há décadas não presenciava cena tão iluminada e distante, acho que a última vez que vi algo parecido foi numa retrospectiva do Eric Rhommer, no cine Belas Artes, e isso já faz uns quinze anos.

A felicidade dos mosaicos de Athos Bulcão. Era isso! Os veleirinhos de Bulcão em movimentos azuis e brancos, trançando as mesas do bar, crianças. Imagino o ceramista e Burle Marx fumando charutos e jogando damas na Catedral de Brasília. Um vislumbre da modernidade de um certo país que existiu na primeira metade do século passado. Contudo a invocação sofre de infiltrações e suas estruturas encontram-se severamente comprometidas, também não fazem qualquer sentido. Assim, diante da falta de locação apropriada e de foco, da perspectiva distorcida e do iminente desabamento, julguei prudente alertar o casal dourado para recolher cachorro e filhos, que voltassem para o veleiro azul e branco que já era tarde demais. Diga a eles, garçom, que icem as âncoras e sumam junto com o pôr do sol.

Era o melhor a fazer para preservá-los do lugar de onde vieram que não existia mais.

Décima Segunda Metástase

Que nossa mãe, na grandeza de sua misericórdia, proteja e ilumine este filho da puta.

Número 11

Eu não seria escritor se não fosse por ela. Faz trinta e cinco anos que escrevo para uma única mulher. Desde a primeira sílaba até hoje. Para ela me ouvir. O resto é a vida vivida aos trancos e barrancos, centenas de outros autores lidos e relidos, e a literatura como pretexto. Ela virou um livro que virou outra(s) mulher(es) que viraram outros livros. Um conselho? Bem, meu problema certamente foi de comunicação. Eu devia ter procurado uma fonoaudióloga no lugar de um editor. Pense nisso antes de se meter a escrever livros. Você pode até se transformar no maior escritor de sua geração. Mas vai terminar seus dias falando de amor para as pessoas erradas.

Autoficção

Vida e obra magicamente coincidem. Mas só quando eu faço o truque.

* * *

Sei como é cruel ganhar a vida como cronista, conheço todos os truques. Puxar a sardinha para o nosso lado é praxe. É válido. É humano. Eu compreendo. Puxar a sardinha para o nosso lado pode ser uma questão de sobrevivência, estratégia e até de estilo, fiz isso inúmeras vezes e não me envergonho.

Mas puxar a sardinha para o nosso lado, e ainda acreditar piamente que estamos do lado certo, bem, aí, meu caro zé bucetinha, aí já é demais.

* * *

Afinal de contas, e para encerrar o pleonasmo e o assunto de uma vez por todas, urge a questão: quem é que senta a bunda na cadeira e transpira sangue e lágrimas? Nós, vós, tu, eles? Ou EU?

* * *

Minha ex-*partner*, que me deixou *dois stends* de lembrança e quase me leva à demência (e que também salvou minha vida...) resolveu facilitar o trabalho dos meus biógrafos, e me definiu como ninguém jamais – nem eu mesmo (depois de 22 anos de autoficção) – conseguira fazer até então, ela disse: "você é o cara mais bem mal resolvido que conheci na vida".

Valeu, Bianca.

Céu do outro mundo

Moleque esquisito, queixo anguloso e um sorriso tímido de lábios finos, triste. Atrás de mãe e filho uma paisagem congelada. Castelo, e lago.

Dei uma corrida em suas postagens, nada de pai, nada de família, nada de amigos. Só você, a paisagem congelada e o garoto triste.

Podia ter sido diferente, menos óbvio. Talvez mais "trágico e sem compromisso", sei lá, parece que você não destrava. Incrível é que, depois de trinta e cinco anos, eu ainda me lembro de ter encostado meu antebraço em suas costelas. Lembro que você olhou para mim radiante, e eu, embaraçado, recuei e pedi desculpas. Nesse momento, creio, a contaminei com meu amor doentio.

Um pouco da paisagem congelada, e da fumaça que sobe do lago em direção a um céu desbotado de outro mundo, um pouco disso e da tristeza do seu filho, sou eu.

Doha, 2019, Mãe e Filho

No instagram as mais espetaculares paisagens: fiordes, montanhas cobertas de neve; cordilheiras, cânions, ruas vazias de cidadezinhas medievais mergulhadas em brumas e bifurcadas em preto e branco, platôs, belvederes, drinks exóticos. Nada do pai, nada de avós, parentes ou amigos. Somente ela e o filho. Indisfarçável tristeza e solidão. Uma senhora rica cinquentona, e o filho que é o mesmo em todas as fotos, independente do tempo que passou, agarrado ao pescoço da mãe quando criança e agora também, a mesma foto de uma criança de seis anos de idade e de um rapaz de mais ou menos vinte, como se a mãe fosse a proa de um veleiro emborcado, prestes a naufragar.

Nos conhecemos, ou melhor, a conheci no primeiro ano da faculdade. Eu devia ter a mesma idade que o garoto tem hoje, e a senhora da foto é a menina que não saiu da memória, parece que o tempo não passou para elas; linda senhora, platônica menina, desde sempre inacessíveis.

Hoje sei que me apaixonei obsessivamente pela distância e pela inacessibilidade, mas na época, com vinte anos, não sabia nem atravessar uma rua, como é que podia avaliar a Trafalgar que acontecia dentro de mim?

Os traços que persegui nas mulheres que tive ao longo dos últimos trinta e cinco anos, um pouco de tristeza numa, a elegância desesperada em outra, um tanto de uma solidão misturada com a caretice às vezes mais presente nesta ou naquela, e sempre a distância em todas. E nem seria preciso dizer – claro né? – minha mãe em cada uma. O que me deixa perplexo é que a obsessão e a inacessibilidade continuam inalteradas, portanto o amor – ou o único sentimento que resistiu ou confirmou todos os equívocos e autoenganos no transcorrer dos anos – só fez aumentar desde meados dos oitenta quando me apaixonei pela menina até o último pedido de socorro na foto do Instagram: ele agarrado no pescoço dela, ela e o filho autista suspensos numa piscina que se nivela ao horizonte a cinquenta andares de altura, como se a qualquer momento pudessem transbordar hotel, piscina, horizonte, mãe e filho. Consoantes segurança e desespero. Na mesma foto vemos ilhas artificiais, minaretes que contrastam com helipontos e hotéis igualmente cinematográficos e pantagruélicos, e logo atrás – ao fundo, inexorável – o deserto do Qatar.

Número 12

A monogamia é uma instituição porque tem todos os aparatos para autorizá-la como tal: cartórios, tabeliães, bufês, o consentimento do porteiro do prédio, muito ciúme, conchinhas, cangas, coleiras, antidepressivos, filhos, etc.

O resto é "opção". Como se a monogamia transcendesse a escolha e se transformasse em condição.

O resto é putaria, suruba. Apêndices, doenças sexuais. Tanto que tudo o que vai contra a monogamia é crime, traição, pecado. A questão não é ser contra ou a favor da monogamia, mas esquecer um pouco essa paranoia e, de vez em quando, tentar ser feliz.

Nisso, arrumei uma namorada que é garota de programa e faz bicos de dentista nas horas vagas. Tenho um tesão de dor de dente por ela. E serei fiel até o último fio de cabelo branco da minha careca. Corno de uma só mulher, porque neste rolo um tem que ser monogâmico, e o outro personagem de Nelson Rodrigues.

Ontem beijei um mendigo-travesti-elefantíase na boca. Daqui a pouco, às 20h, vou assistir uma palestra na sede da Sociedade Brasileira de Eubiose, na rua Gomes Freire 537, cujo tema é: "Gólem, homúnculos – o inconsciente coletivo materializado através do tempo". Me diz, o que mais vai ter que acontecer comigo até que consiga esquecer do nosso amor?

Enrabação. Ela de quatro. Ele por trás imitando o Zé Wilker em "Dona flor e seus dois maridos". Uma cena pornô trivial. Suíte b do Motel Libidu's. Ele tá a fim de quebrar a solenidade. E fala pr'aquela bunda:

– Objeto do meu desejo!

Depois dá três estocadas à la carte. Olha pro espelho lateral e não se reconhece. Então mostra a língua pra bunda que rebola na sua frente.

Ela olha pro céu de espelhos do Libidu's. E o corrige, com sotaque-fêmen-secretária bilíngue:

– Pera aí. Objeto não! Sujeito, meu bem. Sujeito!

Se fode, se fode, se fode.

25.

Por mais abjeta que tenha sido a falta cometida, existe o perdão para aliviar a culpa, o arrependimento também é um bom antídoto. E até o esquecimento (geralmente depois do perdão) corrige a culpa.

Dá-se um jeito na culpa. Mas a vergonha, ah, essa não acaba nunca. Ao contrário da culpa, a vergonha não se extingue porque não depende de outrem para corrigi-la (ou perdoá-la) e mesmo o auto perdão é insuficiente diante da vergonha, uma vez que a vergonha se alimenta de si mesma, portanto, é impossível se auto-perdoar senão por vergonha própria, além do que a vergonha não tem a dramaticidade da culpa, ela tira uma onda e existe para ser inesquecível, irrevogável e permanente, e é extensiva ao alheio. Só vejo vantagens. Tenho vergonha de muita coisa. Quase uma vida inteira de vacilos e erros crassos. Tenho vergonha, vários caminhões basculantes de vergonha, daria para aterrar o Flamengo novamente, e ainda ia sobrar vergonha.

Mas da vergonha mesmo, não tenho nem um pouco de vergonha.

Uma luz para iluminar o mundo

Para Janete

Quando levantei vi aquela bunda branca, linda, redonda e macia, a bunda recém-trabalhada que, metade descoberta, descansava do embate e se voltava para a constelação de Orion; iluminava o quarto. Pensei em agradecer a Virgem Maria, mas achei melhor deixar a Virgem fora da sacanagem, então agradeci aos deuses da luxúria, e fui ao banheiro realizar a clássica e prosaica mijadinha.

Quando voltei, ela havia se livrado dos lençóis e não iluminava somente o quarto, mas a madrugada e o dia seguinte também. Era tanta luz que roguei a Virgem que me perdoasse por tê-la excluído de cena tão pungente, e que fizesse aquela bunda iluminar meus dias até o fim da minha vida.

Na manhã seguinte, ao acordar, sussurrou: "fala que me ama".

– É pouco, você merece mais.

Segurou firme no meu pau, e disse:

– Mais?

Sim. Muito mais:

– Sua bunda ilumina o mundo.

Esqueci por desforra e apenas me lembro para fingir que tenho saudades, que perdi alguma coisa. Resisto como um gigante, mas com todos os méritos e diligências de um verme. O que me sobrou foi um ressentimento brochado e uns pelos brancos ao redor dos mamilos. O medo virou melancolia.

Se sou infeliz?

Às vezes.

Vizinha fumando na escada

– Tá tudo certo?

– Tudo.

Devo ter feito a pergunta e olhado com uma cara de quem não estava entendendo nada, então ela se antecipou:

– É que meu filho está em casa, vim fumar aqui.

Quando eu era criança as prioridades eram os cigarros e as trepadas dos adultos. Crianças iam pros mocozinhos delas, dormiam cedo e sonhavam com o dia em que fumariam seus cigarrinhos em paz, e ponto final.

Apesar da auto-censura descabida, da evidente babaquice, a vizinha tinha uns pernões bonitos. Então fiz uma proposta:

– Quer ir fumar lá em casa?

Era o mínimo que o garoto que dormia cedo e que não se transformou num fumante, e que sonhava um dia ser adulto, o mínimo que podia ter feito consigo mesmo, uma cantada honesta afinal de contas. Quase uma propaganda de *Charme* das antigas, bem, aqueles que morreram de nostalgia (e eventualmente com câncer de pulmão) sabem do que estou falando.

Caverinha's Bar

Dezembro, 2020

Ainda existem bares abertos, e com música ao vivo, que tocam Djavan. E eu vou dizer um troço que jamais pensei que pudesse me atrever sequer a conjecturar, algo que noutros tempos tranquilamente eu mesmo classificaria como aberração, algo que jamais passaria pela minha cabeça se as coisas não estivessem tão pesadas, a vida tão frágil e as pessoas tão malucas e tão tristes, mas antes tenho que dar o contexto.

De freguês, só tinha eu no bar. Mais um garçom sinistro e o músico que tocou Djavan logo que a primeira cerveja foi aberta. Até aí tudo triste, mas tudo bem. Acontece que sub-repticiamente no meio da execução de "Oceano", sem mais nem menos, o músico resolveu agradecer primeiro a Deus por não abandoná-lo nos momentos mais difíceis, depois ao seu Caverinha – que, imagino, devia ser o dono do bar – pela oportunidade, e a "todos os presentes " naquela "noite maravilhosa", e também mandou um recado pra Neide do Mocotó, pra ela avisar "a galera" que na próxima sexta-feira ia se apresentar em Jacarepaguá, e que amava a todos etc.. Como se tocasse num bar cheio de amigos e fãs, o maluco interagia com uma plateia de fantasmas. Não dei muita bola, primeiro porque a cerveja estava gelada e, depois, porque tinha que deliberar entre um provolone a milanesa e um frango a passarinho. Nisso, apareceu um mendigo que cumprimentou a todos os presentes, meio que fazendo mesuras e homenagens à Neide do Mocotó e aos amigos do músico, que por sua vez emendava um hit do Djavan atrás do outro.

O garçom – de péssimos bofes – perdeu a paciência e escorraçou o mendigo; o curioso é que o conhecia pelo nome "se você aparecer outra vez aqui, Alfredinho, é um cara morto". Acho que foi a senha para o músico interromper "Açaí", e mandar um "parabéns a você, nessa data querida".

Decidi pelo provolone a milanesa, olhei em volta para me certificar de que não estava cego nem louco, e não vi ninguém além do garçom e do músico, que prosseguia: "outra vez, agora só as virgens, parabéns a você, branca é?"

Como não manjo nada de ficção, e não sei escrever nada diferente daquilo que não seja fruto do meu umbigo, ou no máximo das cercanias dele, isto é, como não me encontrava suficientemente bêbado, pedi uma dose dupla de Boazinha para o garçom, que me atendeu prontamente, e ainda trouxe um "limãozinho" que era para espantar o vírus.

O músico devia estar sendo ovacionado pelos bebuns do universo paralelo, e pisava fundo no circuito oval: "Aêêêee, galera, todo mundo, parabéns a você nós te amamos Ritinhaaaaaa, parabéns a você muitos anos de vidaaaaa/guardiã? Som de? Som de besouro-imã, branca é? Branca é?"

Quase me perco nas digressões, mas o que eu queria dizer (depois de contextualizada a bizarria) é que, pela primeira vez, compreendi a letra do Djavan, branca, caraio!, Branca é a tez da manhã!!!

Não só entendi, como gostei. E avaliei que havia cometido uma grande injustiça pelo fato de ter desacreditado Djavan por tantos anos, e talvez tenha deixado de usufruir o néctar do bardo alagoano por claro preconceito semântico. Foram décadas a fio de deboche e desprezo, mea culpa, mea máxima culpa. Quando o garçom trouxe outra dose de cachaça acompanhada de rodelas de limão siciliano, bem, aí desabei. Como é que pude ignorar o gênio de Djavan? O som do besouro-imã trocado por uma lógica aristotélica brutal e colonizadora que só fez envenenar meu coração de ódio e hostilidade nas últimas quatro décadas, como pude, como?

Caí no mais profundo pranto de remorso e arrependimento, e pedi outra Brahma Duplo Malte para o garçom, e depois outra dose de pinga e mais duas ou três duplos, triplos, quádruplos maltes vieram a reboque junto com o provolone a milanesa que demorou a chegar, mas estava bem bom. Se melhorasse, estragava. Vale dizer que o músico, muito sensível e sensato (lá para os padrões dele), resolveu entrar em sintonia comigo telepaticamente depois de ter entendido meu estado de capitulação e arrependimento atrozes. No momento em que emendou os "Dinossauros" do Djavan com o "Homem Aranha" do Jorge Vercilo, bem, nesse momento, achei que o Coronga-vírus tinha lá sua razão de ser, que muita gente ainda merecia ir para o saco, afinal, como disse Jane Fonda, o vírus era uma benção de Deus e tinha sim, tinha seu lado positivo.

Jorge Vercilo era a zona vermelha, o ponto ao qual não se cogita ultrapassagem sob qualquer hipótese ou pretexto, área proibida, danger, alta tensão, risco de morte, o limite. Claro que o músico estragou tudo. Entendi que havia violado minha área 51 particular, e que dali para frente – se prosseguisse naquela insanidade – qualquer coisa, mas qualquer coisa mesmo poderia acontecer comigo, era o vácuo, o inóspito, a queda infinita, a solidão do universo. Não me restou outra alternativa senão pedir a saideira ao garçom porque não aguentava mais: 3 de dezembro de 2020, nem eu e nem ninguém, acho que nem o Djavan aguentava mais.

O garçom parecia ser meio coxo e também devia ser o dono do bar, o sujeito que escorraçava os mendigos pelo nome, e que com certeza tinha uma perna bem menor que a outra, e que se movimentava vagarosamente feito uma assombração, só podia ser o dono do bar, ninguém menos que Caverinha, em carne e osso, mais osso do que carne. E foi assim, sem pressa e mancando que se dirigiu ao balcão e foi atrás da saideira e da conta solicitadas.

A essa altura, na minha cabeça, o Homem Aranha do Jorge Vercilo desaguava num Oceano de lavas que havia exterminado os Dinossauros do Djavan, e que ameaçava engolfar minha última sanidade, que era a sanidade de bebum, caso eu não vazasse o quanto antes do Caverinha's Bar. Algo aproximou-se da mesa, achei que podia ser o Wilson Grey ou qualquer outra coisa àquela altura dos acontecimentos, era uma figura que parecia ter saído dos delírios mais febris e psicodélicos do músico, e que ensejava uma malignidade que na hora eu não soube muito bem avaliar, e como eu estava bêbado e não queria complicar ainda mais as coisas que já se apresentavam esquisitíssimas para o meu lado, julguei – para ser o mais sucinto – que o capeta em pessoa tivesse se aproximado da mesa, puxado a cadeira, e sentado na minha frente (com certeza o capeta, o músico e o garçom eram as mesmas pessoas, mas isso não vem ao caso) ; ato contínuo, aquele "ser" esvaziou a derradeira cerveja no meu copo, olhou no fundo dos meus olhos, e numa crueldade assombrosa que, aliás combinava muito com a localização do Caverinha's Bar – bem defronte o Cemitério São João Batista – apresentou a conta que eu havia solicitado.

E como se não bastasse – para encerrar de vez o ano mais escroto do milênio – abriu um sorriso indisfarçável de Drácula portador de Covid, e proferiu a sentença: "o *couvert* artístico está incluído, vai passar no crédito ou no débito? "

LÍNGUA TAMBÉM BROCHA.

18.

A pergunta é: que mulher não quis ser a Luiza de Tom Jobim? Aquela que tinha a felicidade de ter os mesmos desejos dele. Num arroubo desesperado, o autor pede a Luiza que o exorcize.

O que Tom quis dizer com "vem, me exorciza" senão venha, sou seu, mas preciso me livrar de mim mesmo?

Bonito, né?

Anjos

– Anjo toco – disse o Preto Velho do Andaraí: – anjo toco não voa.

O táxi-driver curitibano que estragou nosso final de noite quase mágico, aquele filho da puta que atravessava a madrugada cobrindo as orelhas com um gorro peruano e a tratou feito um lixo; ele que disse que, depois de estuprá-la, ia me arrancar o pescoço e jogar "as tripas da vagabunda" e o que sobrasse de mim pros cachorros. Aquele filho da puta inominado era nada mais nada menos que o anjo da guarda dela; sim, o anjo que a protegeu do meu amor e cumpriu militarmente sua obrigação – pensando bem, ele devia estar fazendo um extra na madrugada fria de Curitiba. Além de proteger a "vagabunda", cobria o turno daquele outro bebadoescrotosonhadorapaixonado (que nas horas vagas se autodenomina "meu anjo da guarda").

Se não fosse por ELE, se não fosse pelo servicinho sujo cumprido à risca, talvez estivéssemos juntos – e sem vida – até hoje.

O imparcial é um canalha. E o parcial também.

Número 16

Jean-Claude Carrière lembra de seus passeios com Buñuel pelas ruas de Paris/1968, e fala do sentimento contraditório do amigo, mistura de cagaço e deslumbramento ao ver os muros pichados com frases surrealistas. Segundo Carrière, os muros transportavam Buñuel para a juventude. E, ao mesmo tempo, penso eu, realizavam o desejo de consumação e morte de Buñuel.

Os homens comuns raramente são confrontados com esse turbilhão, quando isso acontece, perdem o lastro e enlouquecem. Já o grande artista vislumbra a pequenez da criatura e a desmesura da criação, e segue em frente como se tivesse mais orgulho do que responsabilidade pela cagada que fez.

* * *

São Paulo x Buenos Aires

Os trens portenhos deslocam-se na velocidade de castelos mal-assombrados. A mesma coisa acontece com o Súbite – metrô- que é um Cemitério da Recoleta (imagino que sim) em movimento. O contraponto evidente – por supuesto – é com São Paulo, uma cidade que anda mais rápido que suas assombrações e, com isso, perde as convergências. O Paulistano não tem um centro dentro de si, mas marginais que o expulsam para longe de algo que os argentinos, aqui, chamam de alma.

* * *

O Abaporu, tirado do habitat natural, coitado, parece um anão que caiu da mudança de um circo de horrores e foi esquecido no meio do caminho, atrapalhando a passagem de quem verdadeiramente interessa e reluz acima do bem e do mal.

Leia-se: Tarcila atropelada por Frida Kahlo no Malba – Buenos Aires, 2014.

* * *

Lisboetas angustiadíssimos com as obras na cidade. Eles não sabem o que é ter a identidade forjada por tapumes, lançamentos e showrooms.

Um coração na praça do pedágio

Um diamante perfeito podia ser trocado por uma vida. Para forjá-lo ele precisaria cometer os maiores crimes, atrocidades e violências contra si e contra o mundo; era uma questão de escolha.

Dedicou-se com afinco, ao longo de décadas, a forjar o diamante. Então, em determinado momento, teve o diamante mais perfeito da terra em suas mãos. Se quisesse poderia amalgamar-se à pedra e tornar-se ele mesmo pedra. Também tinha a opção de dar a última tragada no cigarro, empenhar um beijo e um "até nunca mais" para a mocinha do pedágio. Levantada a cancela, engatou a primeira, forçou a segunda e, antes de chamar a terceira marcha, ainda teve tempo para livrar-se da bituca e dispensar pela janela do carro o diamante e todo o resto.

3.

O diálogo brutal, logo no primeiro ato, entre Antônio, o mercador de Veneza,e Shylock, o agiota judeu, é alguma coisa impensável em nossos dias. Em função do patrulhamento asfixiante e generalizado, Shakespeare, hoje, provavelmente iria impor um freio à sua fúria narrativa. Não tenho a menor dúvida de que trocaria Shylock por Chico César e, em vez de escrever peças cheias de som e de fúria, garantiria seu cachezinho dando oficinas de tapioca no Sesc-Belenzinho.

* * *

O homem que morre em paz, morre endividado com o resto da humanidade.

A isca e o anzol

Guardo as melhores expectativas com as piores pessoas. E o jogo delas é aberto, de certa forma são honestas em suas intenções e cristalinas naquilo que tem de mais execrável. Não me enganam. Ao contrário, aguço o apetite delas. Eu sei que vou quebrar a cara, então me iludo não somente para dar linha (ou para testá-las) mas sobretudo para reafirmar as mais profundas, sinceras e melhores expectativas. Uma atração irresistível em ser a isca. Cônscio de que sou anzol.

O filho mais querido

– Cada miligrama de vida na terra tem sua função e sua natureza. Você tem que entender que existe apenas uma forma de fazer essa natureza reverberar. Para tanto você terá de cumprir uma função que, evidentemente, corresponderá à sua natureza. E, somente sendo aquilo que você de fato é, você vai cumprir a função que lhe cabe.

– Caraio!

– Você é meu filho mais querido. A única maneira de justificar-se e de me justificar é expressando o mal que lhe confiei. Destrua as pessoas que você mais ama. Não tenha piedade: aniquila, passa por cima. Vou lhe dar a cegueira, o fanatismo e a iniquidade à guisa de bônus. Não poupe nem a si mesmo. Só que tem um porém.

– ?

– O único meio de fazer isso é através do amor.

– ?

– Se vira, malandro.

Quem ama – vou repetir isso até a morte: – quem ama não pechincha.

6.

O que sempre me incomodou no trato humano foi a companhia. Eu sofro deste mal. Tem gente que sofre de solidão. Eu sofro de companhia.

* * *

A distância – eu quero dizer: *mantê-la*- é, sobretudo, um aperfeiçoamento da solidão. Uma pena que eu não tenha aprendido esta lição.

* * *

E se for verdade? E se eu for mesmo a fruta podre? E se os filhosdaputa estiverem com a razão?

Posso até dar meu braço a torcer, mesmo assim, mesmo derrotado e tendo admitido os erros e a escrotidão, eu continuaria sendo eu mesmo. E isso, cá entre nós, não é para qualquer um.

* * *

Um dia, por incompatibilidade comigo mesmo, aprendi a olhar para baixo. E fui expulso da minha própria solidão.

* * *

Tenho um dom. Enxergo o lado negro por trás das melhores intenções e dos gestos mais cultivados, inocentes e aparentemente isentos. Identifico um picareta a milhares de quilômetros de reencarnações de distância. Preconceito? Pode até ser, mas ainda prefiro chamar de dom. Se pudesse escolher outros dons gostaria de exercê-los nestas atividades, pela ordem:

1. garçom de puteiro
2. podólogo
3. tenista

Bete, a chata insuportável

– Sim, eu sei.

Você é vegetariana, e está preocupada com o ar que respiramos. Filha única, herdou a pensão nababesca que o general deixou para sua mãe, aquela velha inútil que nunca fez nada na vida e a colocou neste mundo nojento sem ao menos consultá-la, eu sei que você estudou no Sion, e que frequenta churrascarias como uma forma de protesto, que você não se importa em pagar uma fortuna no Vento Haragano só para comer as saladas do bufê.

– Sim, eu sei. Não é "bem assim". Você discorda, e vai denunciá-los, vai "expô-los" no feicebuque, faça isso: na falta do Bispo, acho mesmo que você tem que reclamar pro Zuckerberg, manda bala, Bete, exponha-os, pau neles!

Claro que sim! Uma forma de protesto! Só para desaforar os garçons e afrontar os ogros carnívoros e suas respectivas famílias obesas – habitués de rodízios de carnificinas, cúmplices de assassinatos e torturas medievais, eu sei disso tudo. Óbvio que desfruto de sua amizade porque também sou um chato, talvez mais chato que você. Se apelo para os chatos é porque sempre achei gente simpática um tédio.

Levantada a bola, a chata juramentada puxa a sardinha para si: e o chato simpático?

Respondo: algumas aparições já foram registradas em florestas equatoriais, ao sul de Bornéu, no arquipélago Malaio. Um tipo raro e muito perigoso. Também temos alguns registros na escolinha de futebol do grêmio recreativo Red Bull, em Atibaia. Nestes casos, as autoridades locais teriam de acionar a 5º Frota e o Corpo de Fuzileiros Navais dos EUA. Mas não é seu caso, Bete, pode ficar sossegada. No seu caso, basta chamar a Defesa Civil e o Ibama. Em persistindo a chatice, algo mais do que previsível e reincidente como sabemos, acionaríamos o Batalhão de Operações Especiais do Gore (especializado em detectar e desarmar bombas) e, em último caso, só mesmo ligando para a Carrocinha:

– Departamento de controle de pragas e zoonoses, disque-carrocinha, bom dia.

– Carrocinha?? Pelo amor de Deus!!!

– Pois não, em que podemos ajudá-lo?

– Tem uma chata-insuportável aqui na minha frente.

– O senhor poderia relatar o que está acontecendo, devagar, com calma.

– Tá explicando o pingado.

– Pode repetir, por favor.

– Tá explicando o pingado para a garçonete.

– Estamos encerrando a ligação. Este é um serviço de utilidade pública.

– Não! Pera aí, é serio! Tá explicando para a garçonete que o pingado dela tem de ser clarinho mas um pouco moreninho.

– Garçonete?

– Do café. Da livraria. A menina, a garçonete, está assustada.

– Muita calma, meu senhor. Tente respirar e falar pausadamente. Clarinho e moreninho?

– Não! Clarinho mas um pouco moreninho, mas, mas... Tem uma adversativa, entende?

– Se o senhor não se acalmar não vamos conseguir ajudá-lo. O que está acontecendo?

– Ela está ameaçando a garçonete!!

– Que tipo de ameaça?

– Pediu lápis e guardanapo.

– Como? O senhor pode repetir?

– Não tem lápis. Vai na caneta mesmo. Disse que vai ser obrigada a desenhar.

– Desenhar o que, meu senhor? Assim fica difícil registrar a ocorrência.

– Ela vai desenhar o café no guardanapo, vai desenhar o pingado clarinho, mas um pouco moreninho. A garçonete tá chorando.

– Tente manter a calma. Sua reação pode significar a diferença entre a vida e a morte. Tenha calma, respire fundo e nos passe o endereço. Estamos enviando uma viatura para o local agora mesmo.

– Acho que é tarde demais, ferrou!

– Não entre em pânico, meu senhor, a ocorrência já foi registrada. A viatura já está a caminho!

– Exigiu açúcar mascavo! Soletrou mas-ca-vo. Tá dizendo que o estabelecimento é uma espelunca. As pelancas dela passaram do estado líquido para o gasoso, tá vazando! Vai explodir! Mãe do céu, fuuuudeeeeeu.

NÚMERO 17

As pessoas enlouquecem, os únicos que não perdem a razão são os loucos – dizia Chesterton – porque já perderam tudo. Os elefantes saem de controle, a história muda de rumo porque os canalhas e os heróis se confundem, trocam de lado e perdem o sentido.

A natureza tem seus destampatórios inclementes e injustificáveis. Os personal-trainers, os clérigos, os chapeiros e os maîtres, todos eles estão sujeitos à fúria dos dias.

"Das Gewicht der Welt" – ou aquilo que os alemães chamam de o peso do mundo.

Até as joaninhas, sob a carapaça de bolinhas coloridas, descarrilam.

Décima Quarta Metástase

A Tristeza Faraônica do Mundo de Beto Carreiro

Um encanto dura mais de 3 mil anos. E a notícia do seu desvendamento envelhece em quatro, cinco meses. Esse é o mundo onde vivemos. Neste mundo, voto nulo.

É o seguinte: há quatro ou cinco anos, cientistas da Universidade de Amsterdam desvendaram o segredo de Gizé, Quéops e cia. ltda. Acabou o mistério. A lenda em torno da construção das pirâmides do Egito que, ao longo de milênios, fez muito maluquinho viajar na maionese, e também enriqueceu muito picareta, não passa de uma... lenda.

Uma tristeza faraônica baixou em mim.

A questão nem é a boa lábia dos picaretas e suas teses mirabolantes, mas a necessidade que *nosotros* temos de ser enganados. Deixar-se enganar é ocupação milenar da humanidade. A partir da descoberta dos cientistas holandeses será menos divertido atravessar os portais das pirâmides do Egito na direção da constelação de Órion. A vida vai ficar mais complicada (ou mais simples?) para ufólogos, egiptólogos diletantes e pros doidinhos da silva dos mais variados calibres e arrebites. Viajar na maionese e abduzir civilizações em naves espaciais, hoje, são coisas ultrapassadas, mais ultrapassadas que as pirâmides do Egito.

E agora, Will Robinson?

O problema é que, com a descoberta dos estraga-prazeres holandeses, não só os doidinhos de pedra, mas o ser humano em geral (até a turma do Valdemiro Chapeludo) perderá um pouco – só um pouco – da capacidade de ser enganado. E, com isso, a solidão da bizarra espécie humana no cosmos será consideravelmente aumentada.

O que dói mais é saber que a resolução do mistério da construção das pirâmides é de uma simplicidade atroz: basta molhar areia à frente de trenós, e empilhar pedra sobre pedra. Em outras palavras: chapeiros do McDonald's seriam capazes de erguer Quéops iguaizinhas no Beto Carrero World. Tá bom para você?

Aqui temos um paradoxo. Quando atribuíamos a construção das pirâmides à inteligência extraterrestre, e não aos mc-chapeiros, elevávamos a condição do ser humano literalmente às alturas – como se civilizações supostamente avançadas quisessem marcar presença entre nós. Bem ou mal, nós, terráqueos, tínhamos uma certa relevância no cosmos.

Agora que descobrimos que foi o bicho homem, da maneira rudimentar e porcalhona, o responsável pelo feito magnífico, atingimos nosso próprio tamanho. Chega a ser um desaforo pensar que nós, mc-humanos, somos capazes de executar façanhas extraterrestres.

O homem é dono do seu próprio tamanho. Isso é de uma solidão imperdoável. No mesmo pacote temos a beleza, a tragédia e a pequenez do ser humano embalados para uma viagem que não aconteceu. Ou seja. Da mesma forma que ajambramos nossos sonhos, erguemos monumentos colossais e inventamos a redenção, a pipoca de microondas e as bases sólidas para acreditarmos que, de fato, existimos e temos importância. Tudo mentira.

Desvendado o segredo das pirâmides egípcias, a distância entre o homem e Deus aumentou na mesma proporção da distância que o homem cumpre entre si e sua pequenez. Quanto mais perto, mais longe, menor. Bem-vindos ao mundo de Beto Carreiro.

O mais trágico, minúsculo e patético microconto de todos os tempos:

– Conheci sua mãe no Orkut.

Décima Quinta Metástase

Verbetes para ETs

Arte

A arte é a meretriz mais arrombada e escrota do bordel, porque a prioridade dela não é exatamente se vender, claro que ela se vende e muitas vezes cobra muito mais do que vale, mas a putona também se entrega por volúpia, pela doença venérea, pelo pixo, por qualquer sarjeta ou eternidadezinha que lhe beije a boca e a venere como se fosse uma dama.

Acaso

Não sei de onde veio a fama de benfazejo, milagreiro. Nada disso, o acaso é irmão gêmeo do arbitrário, na maioria das vezes só produz monstros.

Autor brasileiro contemporâneo

Editado pela Companhia das Letras, colunista da Folha, doutorado na USP, mestrado na Unicamp, dois Jabutis, um Oceanos, finalista de duas edições do Prêmio São Paulo, habitué de Paraty, dá cursos de redação criativa na Casa do Saber, é amigo do Gregório e da Fernandinha, ativista de algum coletivo, casado com uma escritora que é filha de banqueiro e faz muito sucesso nos saraus da Cooperifa, o cara também é herdeiro de alguma capitania da MPB, além de ser o rei da empatia e do descolamento. Brilhou nas feiras de Frankfurt e Paris, seu francês é impecável. Os livros dele não podem sequer ser incluídos na categoria chamada merda, porque merda tem a propriedade de feder, resumidamente é isso o que temos, hoje, para chamar de literatura brasileira.

Bala perdida

A bala perdida sou yo.

Condição humana

(...) feitos do mesmo material que pode ser comido por um câncer ou tocado pela compaixão.

Evolução

Darwin é mais complexo do que imaginamos. A incompetência, a covardia e a burrice também evoluem.

Ego

Vice ardiloso e indispensável que está de olho no seu lugar. Não o subestime nem o maltrate, vai ser melhor para vocês dois.

Ética

Num mundo de eufemismos, creio que 'ética' é só mais uma palavra a ser trocada por outra qualquer: mentira, criptomoeda, patriota, aborto, horóscopo, cheesecake, diarreia.

Felicidade

Não existe sentimento mais imoral, supérfluo, glutão, escabroso, indecoroso, egoísta e verdadeiro do que a felicidade. A felicidade é o coroamento do desamparo.

Futebol

Uma bola. Alguém para chutar. Na frente da bola, dois postes verticais equidistantes da lateral e unidos na parte superior por uma barra horizontal. A distância entre um poste e outro deve contar mais ou menos 7 metros. Quanto a distância da borda inferior do travessão até o solo – sei lá – que tal 2 metros e trinta ou quarenta centímetros? Por aí. O objetivo é meter a bola lá dentro. Tem um cara, chamado goleiro, que procura evitar a qualquer custo o cumprimento deste objetivo. E tem outro (geralmente do time adversário) que tenta, de qualquer jeito, enfiar a bola no meio desses dois postes verticais – e embaixo do travessão. Quando isso acontece, o nome é gol.

Anos dez

Heterossexual, por exemplo, era o sujeito que ia no watts app e desejava "feliz natal e tudo de bom" para os parentes, amigos, clientes e fornecedores. Típico careta opressor nada enrustido, o monogâmico hipócrita e mal caráter ou – na melhor das hipóteses – era o Antonio Fagundes fazendo o papel de um empresário corrupto numa minissérie global. Mas a partir de hoje, 01/01/2021, a partir de agora que entramos nos anos vinte do século vinte e um, triscar sobre o lugar onde as pessoas copulam e/ou evacuam vai fazer tanto sentido quanto discutir a volta da tração animal ou o uso do óleo de fígado de bacalhau para combater o raquitismo e os males da depressão, apesar de que o brasileiro vai continuar morrendo de raquitismo e matando por legitima defesa da honra e um sem-número de outras fantasmagorias porque afinal continuamos no Brasil dos anos vinte (do século passado). Desejo toda sorte para as crianças que virão, lamento muito pela morte do Cassiano Gabus Mendes e pelo boicote que as nutricionistas promovem contra as gorduras e os carboidratos. A consequência disso tudo é que os anos dez acabaram decretando, entre outras tolices, a decrepitude dos meus dias e o sumiço das rabanadas natalinas.

Amor e Homossexualidade

Se Deus fizesse o homem e a mulher sem genitálias, a homossexualidade continuaria existindo. O amor é que é intolerável.

* * *

E o amor sem afetação é o mais incompreendido dos sentimentos.

* * *

O amor é um *band-aid* sobre uma ferida que não seca nunca.

"O outro"

Acredito que "o outro" é uma fraude. Sobretudo quando vira jargão psicanalítico (?), além do termo que contamina, é feio e intruso por natureza "o outro". Podem procurar nos meus textos: não uso. Para driblar este problema e apurar o estilo, resolvi a questão da maneira mais simples do mundo: "o outro" – com todas as fraudes intrínsecas, ressalvas e distâncias devidas (e afastada a hipótese da poesia) – sou eu mesmo, e ponto final.

Palavras

Eu descobri as palavras antes do sexo. Ou a pornografia antes do erotismo – junto com a ideia da mutilação. O que me fez entender que a sordidez ou "a fanchonice" vinha em primeiro lugar e o que realmente importava era meter o pau dentro dos buracos (isso vale para qualquer youtuber estabelecido). O erotismo me reprimia. Os buracos sujos – os ralos, especialmente – é que me educaram. Daí a nostalgia das palavras, a tesão (no feminino, sempre); e o resgate incisivo de esmaltes e tinturas da linha Marú. Eu queria foder com as palavras. Vale dizer, queria salvá-las. Ou esvaziá-las para, em última análise, esquecer de mim. Ainda não consegui.

Pesquisa por amostragem

Nada mais é do que a estatística comprovando que os erros têm fundamento e apontam para os lugares certos, desde que não os nomeiem como tal.

Realidade e ilusão

Existem dois mundos. O mundo do bar da esquina, das dívidas e do plano de saúde. E existe o mundo que acontece dentro dos sonhos. Às vezes, o primeiro mundo, aquele que os economistas chamam de mundo material, prevalece; noutras vezes o segundo mundo, o mundo da lua, é mais ativo. Todavia, o mundo da lua também cobra suas contas e tem seus pregões e suas regras. O ponto comum entre esses dois mundos é que não existe liberdade. Nem p'raqueles que acham que a realidade tem um ponto de fuga.

A diferença da realidade para ilusão, portanto, é que na ilusão e da ilusão ninguém escapa.

Reencarnação

Lavoisier é Chacrinha. Newton é Mike Tyson. Os Millenials são as Senhoras de Santana perseguindo e cancelando hereges nas redes sociais, tadinhos. E Chico Xavier seria Carmem Miranda se ela não tivesse nascido um ano antes dele.

Solidão

(Sou o cara mais sozinho deste mundo. Mas ainda vou tirar Jorgete pé-de-pato para dançar.)

Auto-engano

Passei a vida exigindo o impossível de mim porque sempre acreditei que meus frutos eram insuficientes. Acreditava ser cobrado. Só que não existia/não existe cobrança alguma. Sou o carcereiro do meu claustro imaginário, o Rei do auto-engano. O porco que joga pérolas. Um desperdício. O milagre.

Cadastro

Nome: 113517680-70

Nome do mãe: Steve Wozniak

Nome da pai: Steve Jobs

Endereço: Resido dentro de um Samsung Galaxy AO-1-32GB esquina com a Brigadeiro Luis Antônio.

Idade: Falecido em 20 de julho de 2004 – ao dar entrada no Orkut. Tinha 38 anos.

Estado civil: A espera de um *match* no Tinder-skull dungeon (que é a versão sadomasoquista do Tinder careta).

Profissão: Já fui alfaiate até que o ofício se extinguiu. Vendi antenas parabólicas. Depois, li meia dúzia de livros e escrevi outra dúzia e meia; os humoristas do século passado (que também se extinguiram) chamavam-me intelectual. Hoje, alma penada e escravo incondicional nas feitorias dos senhores Mark Zuckerberg e Bill Gates.

Renda: Negativado no Serasa.

Pretensão, ambição, metas e objetivos: Cartão de crédito Hopi Hari.

“Você tem cinco anos – ‘sentimentalmente falando’”

– Completei seis anteontem, quando lembrei de você.

Um homem elegante

Segundo a hipótese de Hawking, antes do Big Bang, o tempo encontrava-se meio que despirocado dentro do **NADA**, era qualquer coisa sem uma borda (ou uma divisa, um *start*) que – imagino – ia para frente ou ia para trás, e é interessante sublinhar que ir para frente nada tinha a ver com a ideia de futuro, da mesma forma que ir para trás podia ser apenas uma constatação de não ir a lugar algum, porque passado, presente e futuro não existiam. Tempo e espaço ocupavam um *não-lugar*. Somente a partir do Big Bang, tempo e espaço começaram a acontecer (e existir) juntos, e fizeram aquilo que alguns místicos chamam de "sentido" e que Hawking denominou "ontem, aqui e agora e amanhã".

O curioso é que em momento algum Hawking fala em Deus. A ideia de Deus, no entanto, é tão irresistível e tem um poder de atração tão grande quanto a ideia de que perder tempo (ou seja, viver e deixar de existir no espaço--tempo, morrer) nada mais é do que voltar ao não-lugar, ao pré Big Bang. Daí que morrer também poderia ser sinônimo de recuperar o tempo perdido, ou dar uma chance para o **NADA**. Se você quiser chamar o **NADA** de Deus – e aí de uma hipótese passamos para uma escolha – morrer pode significar dar uma chance a Deus, e assim recuperá-

-lo no tempo e espaço, isto é, trazê-lo para o lugar que habitamos antes da morte: reabilitá-lo para a vida. Hawking sabia disso, e nem precisou ser mais explícito do que foi para tratar do óbvio, era um homem elegante.

12.

Existem dois tipos de médiuns. Aqueles que eventualmente incorporam um espiritozinho aqui e acolá, e aqueles que carregam o mundo nas costas.

* * *

Por um sobrenatural menos militar e careta, livre dos efeitos especiais, sem fanatismo e sem transcendência, curado da esquizofrenia. Deus nos livre dos tons pastéis, e de mentores espirituais covers do Rodolfo Valentino. Por um sobrenatural transmitido em Full HD, sem chiados nem fantasmas da tia Neném em branco-e-preto. Por um sobrenatural mais Iron Maiden e menos Enia, por um sobrenatural mais calvo e menos peruquento. Os anjos agradeceriam se, além dessas correções, vocês conseguissem retirar as reencarnações e os incensos da parada, ia facilitar muito o trabalho deles – que nada tem de sobrenatural.

* * *

Ou os espíritos de Kardec evoluem e inventam uma maneira mais convincente de comunicação ou seremos obrigados a acreditar em Charles Darwin.

Décima Sétima Metástase

Pôr do sol dos mutilados

Ouvia muito Piazzolla naquela época, e alguma coisa me dizia que as gatas prenhas que rondavam minha casa eram reencarnações de escritoras suicidas. A vizinhança não era menos excêntrica. Tinha o casal de lésbicas, e mais dois surfistas, três místicos e os maconheiros de praxe que abundavam na "Ilha da Magia", e que moravam na mesma casa e não necessariamente nessa ordem, todos no final da rua, longe de mim, graças a Deus.

Do terraço de casa dava para ver o terraço da casa do aleijado, que ficava na outra rua. As silhuetas que o sol contornava nos finais de tarde me hipnotizavam – e me diziam que havia alguma coisa errada acontecendo por trás daquela visão cinematográfica.

Um aleijado e uma gaiola estendidos pelos finais de tarde. Queria estar ali, e imaginava minha sombra de costas para o pôr do sol jogando xadrez com a sombra do jovem paraplégico, um vulto jovem, que não devia ter mais de trinta anos. Me aproximei, e – agora não lembro como – consegui fazer amizade com Alex, que morava com as sombras dos finais de tarde, um canarinho-da-terra dentro da gaiola mais a esposa que nunca aparecia no terraço, Adriana. Linda.

Eu disse que ela era linda, e digo outra vez: além de bonita, a delicadeza em forma de mulher, a sombra ausente. Adriana revezava, digamos assim, revezava o martírio com o canarinho-da-terra que Alex torturava sistematicamente todo final de tarde. Depois do canarinho era a vez de Adriana ser submetida às sessões de agulhadas e humilhações.

A mulher do tenente tinha duas suásticas cicatrizadas no ventre e um monte de queloides que brotavam da palavra "amor".

Casaram-se meses antes do acidente, quando tenente Alex perdeu os movimentos das pernas num confronto com traficantes do Jardim Elba, em São Paulo. Com a indenização que recebeu comprou a casa na praia, e lá reproduzia o confronto das ruas em finais de tarde cinematográficos.

Adriana não aguentava mais. Nem ela, nem o canarinho-da-terra, suponho.

Uma pena que não pude ver minha "sombra em ação" quando disputamos aquela partida. Ameacei soltar o passarinho, o tenente disse que se eu fizesse isso acabaria com a vida dele. Entramos num acordo, ou melhor, jogamos outra partida e o vencedor decidiria a sorte do canarinho-da-terra. Ou mais, decidiria a sorte do pôr-do-sol, se haveria outro final de tarde impecável no dia seguinte.

Adriana vestiu seu tenente para o combate.

Eu compareci com meu traje de gala. Rider tala-larga, camisa social branca, e calça de moletom.

Tenente Alex perdeu outra vez. Não queria cumprir o acordo, pediu clemência – e disse que quando o canarinho não aguentasse mais o substituiria por um azulão; então fiz uma proposta. Uma barganha.

E dessa vez ele foi obrigado a aceitar.

Antes de a noite cair sobre nossas sombras estendidas, o tenente aleijado implorou para que eu amasse sua mulher – palavras dele: – "como um homem de verdade, inteiro". E como se fosse uma declaração de amor e derrota, ainda fez a seguinte recomendação: "não use de violência, seja delicado com ela".

Pôr do sol. Casa de Praia.

Sequência final: sombras estendidas de uma gaiola vazia, e de um corpo caído logo à frente de uma cadeira de rodas. A música de Michel Legrand – "Verão de 42" – é brutalmente interrompida pelo som de um tiro.

Comedores de cocô

Muito, e talvez o melhor do que se produziu, e do que se idealizou no falecido século XX, frutificou a partir das repressões típicas do período. Qualquer repressão, todos sabemos, é uma merda. Idealização idem. Mas os resultados estão aí, e fica difícil dizer que o século XX não foi tão bestial quanto esplendoroso, um século que é a cara do Marlon Brando.

Todavia se o tempo é desreprimido e todos são iguais perante os outros e a si mesmos (coletivos), quem dança é a idealização – pior e mais nefasto do que não idealizar, é não subverter o tempo vivido, e usufrui-lo mansamente sem qualquer repressão. Talvez seja a mesma coisa do que esvaziar-se a si mesmo, virar uma mandioquinha hidropônica numa estufa industrial. Nada de bestialidade e zero de esplendor, zero a zero.

Pensei e vivi isso anteontem, quando participei de uma "performance" no Largo da Batata. A garota defecava defronte à Igreja de Nossa Senhora do Monte Serrat, e comia a própria merda. Depois oferecia o beijo a plateia. Aceitei. E a beijei. E constatei que tinha mau-hálito. Depois do beijo, me dirigi a plateia, e proclamei: "Tem mau-hálito".

A plateia caiu na gargalhada, e a garota – até que era bonitinha – evidentemente não gostou do meu comentário, acusou-me de ser um velho reprimido. Tive de concordar (graças a Deus), e disse que aprendi a beijar imitando as performances do Toni Ramos nas novelas globais dos anos setenta/oitenta. Aliás, se tive um sonho, um desejo na vida, foi esse. Um dia eu ia beijar igual o Toni Ramos. Ato contínuo, a "performer" meio incrédula e lambuzada de cocô – depois de tomar conhecimento do meu sonho encantado – olhou-me no fundo dos olhos, e perguntou: o senhor come merda?

Respondi:

– Igualzinho a você. A diferença entre nós é que tenho o paladar apurado.

Outras metástases

1. Não conheço um filhodaputa de um acadêmico que esteja interessado na "oralidade" do jundiaiense.

2. Caros poetas. Por obséquio: tentem fazer suas poesias sem usar as palavras "poeta" e "poesia". As musas e eu, de saco cheio, agradecemos.

3. Extrair ouro do lamaçal é moleza. Quero ver é ser feliz e fazer poesia ao mesmo tempo.

4. Manoel de Barros morreu quando passou no vestibular para ser Mario Quintana.

5. Mania féladaputa de enxergar beleza onde só existem miséria, filhadaputice, desamparo, loucura e solidão.

6. Quero ver quando o imponderável sair do controle.

7. Até para administrar um cirquinho de bufê infantil é preciso tratar as crianças como adultos.

8. O problema é quando "as mesmas coisas" não estão exatamente nos mesmos lugares.

9. Quando os instintos prevalecem sobre a inteligência, a inteligência apela aos instintos.

10. Creio que existam umas doze pessoas ao redor do mundo que praticam o amai-vos uns aos outros. Conheço uma. Se revelar o nome dela é capaz que o contingente caia para onze.

11. Só existe uma diferença entre dar a outra face e encher a cara do opressor de porrada. O estilo.

12. O apego à vida pode ser algo tão violento e egoísta quanto o chamado do suicídio. Difícil é escolher.

13. Não se doam danações. Inferno a gente adquire.

14. No jogo de tentativas e erros, erramos.

15. A carne não devia encontrar a alma, a beleza não devia ser tão triste quanto a solidão e a despedida.

16. Adquiri a decrepitude por mérito próprio e a inocência por viciada presunção.

17. Os *Karmas*, um dia, vão ter de pagar pelas maldades que fazem pra gente. Tudo volta, né?

18. O insuportável só existe uma vez, Mozão.

Brigitte, vestidos para Festas e Casamentos

Na frente do hotel tem uma loja que aluga vestidos para casamentos e ocasiões especiais, "atendemos senhoras evangélicas".

De longe, dá para ver as armaduras medievais coloridas que vestirão as mulheres de pastores, apóstolos, bispos e satanazes afins.

Pensei: essa feiura toda tem uma raiz plausível, que é a breguice neoevangélica.

Mas não. Agora mesmo, aqui na minha timeline, vejo uma perua de alto quilate personalitté sendo homenageada na entrega de um prestigiadíssimo prêmio cinematográfico.

Em tese, a breguice não devia fazer morada e/ou vestir a perua em questão e as respectivas amigas – igualmente reluzentes e deslumbradas. Todavia, a breguice salta e assalta aos olhos. Eu juro que estou vendo aquelas pavorosas armaduras coloridas da loja que atende senhoras evangélicas fazendo a felicidade das madames cinematográficas.

O espírito das "ocasiões especiais" é o pingente no lugar errado, ele que é falso, que faz o grotesco reluzir ouro e esmeraldas, que fode tudo.

Seria preciso ser redundante e deselegante a ponto de dizer que não existem "ocasiões especiais"?

Fé nos homens

– Murilinho, assim não dá! Você não obedece mamãe!

Do jeito que o mini-buldogue olhava para a mamãe só posso depreender que, no futuro, os cães terão sérios problemas de socialização e de adaptação no mercado de trabalho. Sem falar nos problemas amorosos e de auto-estima. E eu acho que Murilinho, particularmente, é um caso perdido, esse já perdeu a fé nos homens faz muito tempo.

– Você passa o dia inteiro dormindo. Só acorda para comer?

– Às vezes para mijar.

– Está de férias?

– Escritor nunca está de férias.

– Então você “está do quê”?

– De óbito. Morto.

15.

Para ser um "maldito" precisaria arrumar emprego, casar e ter dois filhos. Nem candidato sou. As pessoas fazem uma confusão danada, vira e mexe me acusam de ser "maldito", idiossincrático, iconoclasta, excêntrico, idiota e por aí vai. A grande verdade é que não cumpro as expectativas e não preencho os requisitos, e então fica difícil falar em nome dos malditos ou dos idiotas, ou de qualquer outra categoria que idealizam (ou transferem) para mim. Também não tenho nenhum problema com a sociedade de consumo. Uso pijama para dormir e frequento missas aos domingos, adoro mulheres perfumadas e churrascarias de luxo. Pago uma fortuna de plano de saúde, e sou apaixonado pela dermatologista. Em breve devo mudar para um condomínio fechado na Barra da Tijuca. Como diz a Mozão, o negócio é colocar a mistura no tapeware e ser feliz.

Desgosto não se discute

Uma guerra para livrar-se de si mesmo. É a única coisa em que um homem pode se fiar ao longo da vida, vita brevis. Ele pode revirar o mundo por conta desta guerra particular e acabar vendendo tele-sena no SBT ou pode acreditar que, um dia, a mulher que lhe meteu vários pares de chifres voltará. Vita brevis no forévis. De um jeito ou de outro, o que importa é a guerra travada consigo mesmo. Se ele vai enlouquecer ou se transformar num estelionatário, num trouxa ou num santo, isso só o Duda Mendonça, o gerente do banco e o tempo poderão responder.

Décima Oitava Metástase

O dia que o Brasil acabou para mim

No dia 19 de outubro de 2014 a estátua de Zumbi dos Palmares amanheceu pichada com uma suástica na testa. Pegaram os pichadores. Dois negros. Perguntados sobre o motivo que os levou a pichar a suástica, a dupla, que atendia pelos codinomes Casão e Demo, alegou desconhecer o significado do símbolo. Também não sabiam quem era Zumbi.

O Brasil, para mim, sempre foi mais uma fantasia do que um destino. Mais uma interpretação do que um país. Mais população do que território. As coisas aparentemente desconexas tinham o tempo delas para se ajustar. E não só se conectavam. Projetavam-se. O charme de uma certa modernidade caótica. As vitórias régias brotavam da natureza direto para a prancheta de Burle Marx. O futuro do pretérito fazia sentido. Pixinguinha era professor. A abstração fazia sentido. Do cerrado, de repente, podia brotar uma cidade. Os chapadões, as festas de reis, as novenas. A terra roxa. Os terreiros de café, a criação engordando e a sombra dos cambucis. As pessoas também faziam sentido. A bagunça não tinha explicação mas tinha método e apresentava resultados admiráveis. Florescia a Roma negra profetizada por Darcy Ribeiro. O descompasso estava do nosso lado, e a civilização ocidental que girava em falso e se autodestruía tinha muito a aprender conosco, era assim.

Então não fez mais sentido, perdeu-se o viço junto com a delicadeza, o país perdeu a graça. Talvez tenha sido quando Sandy & Junior pisaram pela primeira vez no palco do Faustão. Ou quando Caetano morreu ao completar 80. Tantas vezes nos últimos anos, podia ter sido anteontem. Mas para mim foi quando picharam uma suástica na estátua de Zumbi. Nesse dia, rasgou-se a fantasia tropical e as margens de sonho e interpretação se estreitaram, foi no dia 19 de outubro de 2014 que o Brasil acabou para mim.

Décima Nona Metástase

Dusekiana III

Por que essa gente que se acha civilizada e vive pelas calçadas catando cocô de poodle não aproveita para catar o cocô dos mendigos também? Mundo filho da pet.

* * *

Por que as pessoas olham para os dois lados antes de atravessar as ruas se elas sabem que do outro lado da calçada é a mesma coisa?

* * *

Por que a ação se transforma em verbo, e não o contrário?

* * *

Como é que micose de unha existe, como é que pizza de frango com borda recheada de catupiry existe, como é que Brasília existe ... e Deus não existe?

* * *

Por que não posso acreditar num Deus displicente e esquecido de mim se me fio numa memória que me trai o tempo todo?

* * *

Por que todo japonês que eu conheço se chama Edson?

Vigésima Metástase

Perguntas com respostas

(Marcelo Mirisola entrevista M.M., com a participação de Jovino Machado)

Quem é Marcelo Mirisola?

Um cara que gostaria de ter heterônimos para facilitar a vida. Seria mais prático ser confundido com meus heterônimos do que com a famigerada "primeira pessoa". Bastaria mandá-los dar uma volta, e a primeira pessoa ficaria em casa *diboas*, batendo punheta e vendo Netflix.

Pra que time você torce?

– Torço para o futebol acabar. E, nos momentos de distração e inutilidade, *Parmera.*

O que é literatura?

Trabalho, muito trabalho. E tempo perdido. Muito tempo perdido.

Até que ponto as escolhas do narrador MM são as mesmas do Mirisola?

Até quando me interessam.

O que pensa sobre a classe média alta que discute filosofia nas academias de ideias?

Alguma coisa está muito errada quando madame, em vez de gastar as tardes num shopping comprando bolsas e sapatos, perde seu tempo ouvindo um bostinha falando de Schopenhauer na Casa do Saber. Eu acredito, inclusive, que essa é a explicação para a onda de terremotos, tsunamis e enchentes que temos sofrido nos últimos anos. E agora o Coronavirus. Sabe-se lá o que vem pela frente! A natureza tem de reagir de alguma maneira, né não?

Um feito. Sua marca. Algo que transcenderá seu epitáfio e vai ficar marcado a ferro e fogo para as próximas gerações.

Conheci Ituporanga-SC, capital brasileira da cebola. E tive um picirico com Ivania Schultz, Rainha da Festa da Cebola-1991.

Qual foi a maior maldade que fez na vida?

Um apelido que apliquei a um amigo. No tempo do colégio, faz muito, muito tempo. Um apelido que atravessou décadas e marca a vida dele até hoje – a ferro e fogo. Pegou. Ele nasceu para o apelido. Talvez não tenha sido tanta maldade. Era o destino, vocação, algo que sempre esteve estampado na cara dele: uma hora ele e o apelido iriam se encontrar, um amálgama escrito nas estrelas. Se não fosse eu a apelidá-lo outro o faria.

– *Poderia revelar o apelido?*

– Sim. Claro que sim. Mas antes chamava-se Luiz Fernando.

– E o apelido?

– Preciso falar da mãe dele, dona Eloá, a mãe dele. Vivia para os outros, dedicou a vida às obras assistenciais. Uma das pessoas mais amorosas e delicadas que tive a oportunidade de conhecer, e eu fico imaginando os melhores augúrios, a transferência de todo esse amor e carinho quando escolheu o nome do filho, Luiz Fernando. Um nome de príncipe. E, dona Eloá, acertou na mosca, Dr. Luiz Fernando transformou-se num príncipe de verdade. Um dos cardiologistas mais respeitados do Instituto do Coração. De longe, o médico mais querido pelos pacientes e o mais solicitado por outros médicos e por estudantes de cardiologia ao redor de todo o mundo. Se você marcar uma consulta hoje, e tiver muita sorte, poderá ser atendido dentro de um ano e meio. O profissional mais festejado tanto pelo corpo clínico como pelos funcionários do Incor, referência não só no Brasil como no exterior.

– E o apelido?

– Fernandinho.

– ??

– É a cara dele. Era o destino, nasceu para o apelido.

– ???

– Fernandinho pinto de cachorro – para os poucos que tem a sorte de desfrutar do seu convívio e amizade, é assim que o chamamos: **FERNANDINHO PINTO DE CACHORRO.**

Qual o pior tipo de preconceito?

Contra a inteligência.

Você tem vinte livros publicados. Vive de direitos autorais?

Acho que são mais de vinte. Somando os direitos autorais dos livros (vinte e um, vinte e dois? Sei lá, perdi a conta) recebo todo mês o equivalente a um prato de feijão com arroz, dois ovos e uma linguiça na bunda, o *n'espresso* tenho de pagar do meu próprio bolso. Já o uísque 18 anos, as putas, as viagens internacionais e a vida boa que levo de frente para o mar, apesar da literatura, vem de outras fontes. Tirando o ProAC que recebi para escrever este livro (divide aí o valor da ProAC por vinte e três anos de dedicação diuturna a esta merda), posso lhe dizer que nunca fui devidamente remunerado diante da humilhação que é ser "escritor" neste país de merda. Aliás, sou estuprado pela Receita todos os meses, obrigado a pagar impostos escorchantes destinados a fundos partidários e corrupção generalizada. Sinceramente acho que o puto do leitor (que enriqueceu o Paulo Coelho, o Chalita e a falecida Zibia que mesmo depois de morta continua faturando milhões) não merece saber qual a origem das fontes murmurantes da minha renda. Eu acredito, inclusive, que depois de décadas de vida perdida para a literatura, não devíamos sequer cogitar nessa excrecência inútil chamada "direitos autorais", mas sim falar em danos morais, sequelas neurológicas irreversíveis, traumas psicológicos e lucros cessantes, portanto para a porra com os direitos autorais. Literatura é prejuízo! Quero é ser indenizado!!!

Apesar dos livros publicados e do reconhecimento das poucas pessoas que valem a pena, não se julga realizado?

Por elas (deixa eu contar: uma, duas, três, quatro, cinco pessoas) sim, reconhecido. E por essas pessoas valeu a pena trocar a vida pela literatura, embora não tenha sido uma escolha muito inteligente. Uma vez que é muita vida desperdiçada para chegar no final da linha e male-male me comunicar com cinco pessoas num idioma obsoleto e em vias de extinção. O português que Bandeira usou para escrever "Estrela da manhã" é algo impraticável hoje em dia. Aliás, é o mesmo que me lasquei para escrever meus livros e que me trouxe até Vila Matilde. Quando embarquei nesta roubada não tinha maturidade e nem ideia do tamanho da enrascada em que me metia. Teria sido muito mais prático e eficiente se fosse dentista ou corretor de seguros. "Realizado"? Diria que sou um pouco resignado, só um pouco resignado, e bastante resiliente e compassivo. Um cara meio legal, apesar das trocas não negociadas e dos prejuízos que me são dados como milagres. Quem "realiza" não sou eu, dá para entender?

Epílogo

Um muro de diamantes coberto de ervas daninhas

Quando rezo o Pai Nosso não me atenho mais ao esforço sobrenatural de perdoar nem de ser perdoado, às vezes não consigo passar daquele trecho que diz para ser feita a vontade Dele, assim na terra como no céu. Então aguardo. Persisto na espera, e assimilo apenas a parte mais dolorida da lição.

Perdi?

Se perdi, foi porque voltei para casa de mãos abanando e braços abertos. Não encontrei a garotinha de olhos tristes e amendoados que chorava por mim na porta da escola. Vou fazer de conta que ela é o melhor de mim, e que ela vai me amparar na velhice até que numa tarde quente de verão empacotarei segurando as mãos de um fantasma. Só assim vou me reconciliar com o tempo que a esperei. A verdade, filha, é que não floresci. E tenho vergonha, muito vergonha. Vergonha de ainda esperá-la. Vergonha de dar satisfações para a solidão, que ao longo de todos estes anos cobra diuturnamente por você. Uma solidão que vai ao supermercado, exige café forte sem açúcar e atravessa as ruas sempre credora, que constrange a mim e a quem tem a infelicidade de topar comigo.

Puta vergonha de ir no Degas, e me esconder no cantinho do salão, perto do banheiro. O melhor parmegiana da cidade – serve três pessoas. Toda vez o garçom me explica que vou ter de pagar 75% do preço do prato, e eu fico meio sem jeito de pedir uma porção individual, quase peço desculpas a ele, penso em você e digo tudo bem. Até do consumo mínimo da conta de luz tenho vergonha. Vergonha derramada filha da puta. Bem que tentei, meu amor, mas não deu. Devo ter me relacionado com uma centena e meia ou duas centenas de mulheres. Três delas por mais de cinco meses e menos de um ano. Foi bom, foi meia-boca, foi ótimo com as duzentos e com as três. Mas nunca rendeu nada diferente de um valeu, não tem nada de você dentro de mim, boa sorte e a gente se vê qualquer dia.

Sem dúvida mais me diverti do que me aborreci, tirando os vexames da solidão e da autocomiseração, não tenho nada a me queixar. É o preço a pagar pela carinha da sua mãe cheia de porra na frente do espelho, você escorrendo dos cílios dela, coisa mais linda, o preço pago por todas as putarias, pelos coitos interrompidos, pelos livros escritos e pelas expectativas não cumpridas, está tudo certo, está tudo pago. Só que não. Outro dia, filha, achei que seria mais fácil e menos constrangedor morrer de uma vez por todas do que preencher a ficha do ambulatório. Em caso de internação na UTI, invalidez ou óbito avisar a quem? Quem seria o responsável por minha carcaça berro d'água sem festa, confete nem serpentina? Como se eu já fosse o cadáver de outro cadáver – que só não foi trasladado para o Crematório Municipal porque ainda não notificaram a vigilância sanitária.

Escolhi ser o pesticida, e você naturalmente não vingou. Passei a vida achando que tinha um ponto de vista privilegiado, que enxergava acima da manada, e que esta visão me diferiria do senso-comum, do resto. De algum modo, me sentia especial, único. Era deste lugar (ou "posto de observação privilegiado") que tirava minha força, me equilibrava.

Na maioria acachapante das vezes, para não dizer sempre, a suposta diferença ou originalidade nunca teve nada de especial, e também nunca me fez diferente do rebanho, apenas um apartado. Como uma aposta na mega-sena. Os números de cada apostador são únicos e a chance de serem premiados é ridícula. Nunca acertei um terno sequer. E muito provavelmente, filha, minhas chances de ganhar são cada vez menores porque cada vez aposto menos. E a probabilidade de acabar sozinho, claro, é ridiculamente maior. Ainda assim, querida, mesmo sabendo que minha vocação era (e é) o deserto, acreditei que podia fertilizar: ou acreditava no veneno do gênio ou sucumbiria à solidão. Então investi nas grandes altitudes, no olhar da rapina. E resisti como uma águia que se alimenta de serpentes no deserto. Ou resistia ou não conseguiria sequer enganar a mim mesmo, e isso, enganar-me a mim mesmo e à distinta plateia, ao menos nisso, logrei êxito: meus poucos leitores são testemunhas dos engodos que, desde meu primeiro livro, empenhei como se fossem a última vez.

Dessa vez é.

São Paulo, 21 de maio de 2021.

Esta obra foi composta em Mencken Pro e
impressa em papel pólen 90 g/m² para a
Editora Reformatório, em junho de 2021.